明人明言

微 语 录 2

MINGREN MINGYAN

WEIYULU

安谅 著

天呈 绘

百花洲文艺出版社

BAIHUAZHOU LITERATURE AND ART PRESS

图书在版编目（CIP）数据

明人明言微语录 : 2 / 安谅著；天呈绘. –– 南昌 : 百花洲文艺出版社, 2021.7
ISBN 978-7-5500-4281-0

Ⅰ. ①明… Ⅱ. ①安… ②天… Ⅲ. ①随笔 – 作品集 – 中国 – 当代 Ⅳ. ①I267.1

中国版本图书馆CIP数据核字（2021）第107803号

明人明言微语录 : 2
MINGREN MINGYAN WEIYULU

安谅 著 天呈 绘

出 版 人	章华荣
责任编辑	郝玮刚
装帧设计	彭 威
制 作	何 丹
出版发行	百花洲文艺出版社
社 址	南昌市红谷滩区世贸路898号博能中心一期A座20楼
邮 编	330038
经 销	全国新华书店
印 刷	苏州彩易达包装制品有限公司
开 本	720mm×1000mm 1/32 印张 7
版 次	2021年7月第1版第1次印刷
字 数	125千字
书 号	ISBN 978-7-5500-4281-0
定 价	46.00元

赣版权登字：05-2021-207

邮购联系 0791-86895108
网 址 http://www.bhzwy.com
图书若有印装错误，影响阅读，可向承印厂联系调换。

目 录

001 　忧虑得适度是智慧的人生

004 　读书是身心的滋补

007 　保重，是最深情的祝愿

009 　完美，只存在于内心

011 　每个人都可以成为天使

015 　忙，不是生活的本意

018 　不要到临终才明白

021 　苦难的分水岭

023 　不听闲人碎语

025 　谦让，不是退让的代名词

028 　心灵的栅栏

031 　礼让，是智者的涵养

033 　从前的自己

036 　奢求无望

038　静下心来

041　最难是选择

043　不懂吃亏，终究有悔

046　机缘随了谁

048　时光的碎片

051　守时，不仅仅属于绅士

053　竞争，不是全部的人生

056　与浅薄之人相处

059　请托，带着感恩的心

062　真正的贵人

065　悟性决定当下

068　谈平庸

071　向善的心域

074　我们珍爱珍惜

076　轻易的获得都不会长久

079　人生最美在投入

082　看客心态是一种危害

085　释放善意，是善之花

088　秋天，别忘了沉思的节拍

090　步履愈快，时光愈快

093　烦恼只是天空浓厚的云

096　观瀑后的思绪

098　心灵的依靠

101　苦难的堆积是自寻烦恼

103　心存善念

105　积善

108　坚持你的初心最爱

110　灵魂之真美

113　告别，是为了崭新的迎接

116　人生的奇迹

119　真诚的张力

122　情绪的滥觞

125　宽阔的胸襟

127　在梦想与现实之间等距

129　发现自己的潜质

131　你就这一生

133　寻觅港湾的心灵

136　回复初心

138　人生不是游戏可以重来

140　什么叫真感恩

142　直视的选择

144　人性的阴面

146　助人者，足够富有

149　失衡必然失态

152　愧疚是良心的一番发现

155　势利眼之人

157　文化的差异

159　心静如止水

161　呵护可贵的真挚

163　从退一步开始新的起步

165　吃亏与失败

167　努力，才有可能

170　遗忘，有时美不胜收

173　抬高自己的危险

175　"大怪路子"的随想

177　远离和缄默

179　清晨的遐思

184　风骨的诠释

187　清晨笔记

193　夜露中萃取的晨思

196 成熟的蜕变

198 成功是一种定力

200 沙子与种子

202 精神的那一炷清香

204 脸面与良心

207 任性的品鉴

210 没有大情怀的人生是局促的

213 顿悟是人生的灵感

215 圣人不是一生没有过错

忧虑得适度是智慧的人生

忧虑得适度是智慧的人生。人无远虑必有近忧。而过度忧虑形成焦虑，也有伤害自己的隐忧。

没有无忧无虑的人生，只有无忧无虑的短暂时光。无忧无虑属于童年，而有忧有虑则属于人生。

有一份忧虑，会多一份警醒，多一份防范。太多的忧虑，则是用臆想的未来压垮自己。

从平常的角度来说，有无忧虑决定了人是否具备忧患意识，忧虑什么决定了人能走多远，忧虑的多少则刻出了人的成熟与否，而对忧虑的处置，则体现了一个人的能力。

处置忧虑过度的最好方法，就是暂时抛却忧虑。天塌不下来，杞人忧天，天空依然。待到心静心舒时再来过滤忧虑，也容易识别真正的危险，找到合适的处置方案。

君子忧道不忧贫，此忧是一种高尚的追求。位卑未敢忘忧国，此忧是一种高尚的境界。先天下之忧而忧，此忧更是一种高尚的胸怀。至于忧来思君不敢忘，乃是一种情爱，男女毋庸置疑的牵挂。

人生识字忧患始，忧是人间经常事。生年不满百，常怀千岁忧。可见，忧也是无止无境的，甚至可以超越时光和自我的。有忧伴随，只要适度，一生不会多愁。

适度忧虑能冷静理智，此时的处理能力也可以正常发挥。而过度甚至极度的忧虑下，人的能力骤降，智力低下，容易出错直至招祸。

倘若忧心如焚表现的是一种急迫的心情，此心情可以助力大事。倘若忧心真的如焚，具体处事也表现得匆忙急切，此必乱了大事。

想无忧无虑地生活和工作，就像想回到童年一样，那是痴人说梦。而在忧虑中不失初心，并寻思到一条属于自己的路，方为真人。

忧虑如纷乱的枝丫，如丛生的荆棘，为它们而思绪纷乱，为它们而困惑丛生，你便连它们都不如。不如时常剪枝修叶，必要时披荆斩棘，才会有你阳光下的茁壮之路。

忧是为了人生安然，忧是为了健康前行，忧也是为了无忧，为了心静如水。留一点时间忧虑，不要太多，保持心态平和。

读书是身心的滋补

读书，是身心的滋补。读书，称得上是古老的奇术，它修身养性，提振精神。它也能鲜活机体，润泽你的容颜。书中自有一条养生甚至长寿之路。

读书的滋补是润物而细无声的，企图由此沽名钓誉是可悲的，奢望转瞬容颜大变是可笑的，梦想借其大富大贵是可怜的。

读书，就得苦苦地读，也要苦苦地悟。我自小就明白了一个道理，书不能只是读，更要悟。读书真悟才是功夫。

读书累，读书苦，年龄越长，就越知读书之福。吃荤想素，吃素想荤，还是不懂读点书。

读书，令内心充盈丰富，底气也蓄积长驻。在心灵中增强的力量，是源源不断注入肌体的生命维生素，使人整体更坚强。

囫囵吞枣，一目十行，对于读书养生养心来说，算是恶补，无益并有害，滋补应该是每天温润细致地读，每天适当地进补。

读书，令人开阔视野，增加气度。读书，是人走向高贵的一条清晰之路。读书与否，读好书与否，他或她的气度里记录着是否曾天天滋补。

要读好书。坏书是贻害无穷的。还要对路，一如对症下药，心灵匮乏什么了，就得补什么。但这是每天都得下的功夫，循序渐进；草草了事，偶尔为之，则于事无补。

选择经典，捧读精品。有的反复读，常研习，甚至化成自己的血肉。有的可时常翻阅浏览，均衡营养。毫无疑问，身心的进补，也得科学有律、合理适度。

读书读得心狭隘，爱计较，逐名利，那是读错了书或读邪了书。进补也会出乱，所以要懂得从读书中汲取什么。书中的美如玉黄金屋并非具象，它是读书滋补后心灵的升华。

读书吧，当你感到心神迷茫时；读书吧，当你奔波厌倦时；读书吧，当你无所事事时；读书吧，当你寂寞孤独时。在你心情悲苦时，请读书；在你心花怒放时，请读书。此刻也许心灵最宜进补。

读书的滋补，应该是终生的。滋补的作用，也是长久不衰的。只要生命不息，读书就不止。读书的滋补是人生一首绵延不断、撷取无尽的诗！

保重，是最深情的祝愿

保重，是最深情的祝愿。当所有的心声都凝聚成这两个字的时候，还有什么样的字眼能够感撼人心，可以长存人间！

或者是至交，或者是匆匆相见。或者是深爱，也或者是邂逅偶遇，一句"保重"。我历来相信这是最透明纯净，也最真诚含蓄的。保重两字，不虚假、不夸张、不啰嗦、不寡情，一切尽在两字中。无论是亲情的深厚，还是友情的真挚，抑或爱情的难舍难分，道一声保重，那一声保重里包含了所有。保重，也许回味无穷；保重，也许留下伤痛；保重，也许让你刻骨铭心的咀嚼；保重，也可能让你没齿难忘。保重，是长辈对后辈的叮咛，是后生对长者的祈福，是兄弟姐妹间的希冀，是至交知己的惺惺相惜……总之，它是蕴涵了深挚情感的心语。轻轻地，也许是缓缓地吐出，淡淡地，似乎平平常常地表述，眼睛与眼睛的对视，抑或不忍目光互相触碰，无论是偶尔一闻还是时常听到，当听到这一声保重时，应该认识其中的真挚。对你说出保重的人，是有真心于你的人，也是有爱心于你的人。这样的人值得你珍视，值得你尊重，也值得你从心底里回赠他（或她）一句：你也保重！保重，保重自己，保重健康，保重身心……保重你的所有。保重，赛过任何纯度的黄金！

完美，只存在于内心

完美，只存在于内心。人生哪一刻都非完美的，大千世界，总有地方令人遗憾。人生哪一刻都可能完美的，拳拳之心，只要平衡就是完满。

这世上哪有完美的人，只有追求完美的人和完美的心。完美的人是心灵滋长的生物，随时随刻会在心中幻灭或者重生，有时连心灵也会自我怀疑。

完美的是梦想，不完美的才是现实。不完美的是真正生活，而完美的只属于虚幻。在追求完美之中认识不完美的完美，才是完美的发掘。

现实不可能完美，完美在于心态。所以不懈地打造自己成熟的心态，生活就不会匮乏完美。

与其时时抱怨现实中的不完美，不如在不完美中寻找完美，即便只有一丝完美的气息和成分，不完美也会绽放奇光异彩。

只以完美来苛求，是放大了不完美，让现实变得可恼甚至可恨。以不完美来宽待世界，就是创建完美，完美也许隐约可见。

缺憾之味，也有一种美，此种唯美属于真正心地善良、热情生活之人，他向往完美，也正视当下的不完美，更具一种美的智慧。

如果在不完美中郁郁寡欢，或者心理上排斥所有的不完美，那是完美招致的阴影，会遮蔽人生的天空。

不要在不完美中麻木不仁、心安理得，而要在不完美中保持积极健康的心态，心情平和。

快快乐乐，平平安安，健健康康，就是完美。奇想翩翩，奢望太多，一定找不着完美。

可以没有完美，但必须知道什么是真正的完美，并且懂得所谓完美不在想象，而在于心态的缔造与成熟。

每个人都可以成为天使

　　每个人都可以成为天使，做别人的，或做自己的。天使是圣洁之爱的象征。没有一个正常之人不具备这种爱的能力，哪怕只有短暂的一瞬，或者给予自己一次纯净的心问。

　　每个人都期盼天使的亲近。实际上天使并不遥远。天使的形象可以千变万化，可以扑朔迷离，但爱在哪里，天使就一定出现在哪里。

　　天使为什么少了，或者你老感觉不到，不是你自身爱之匮乏抑或模糊难辨了，就是周遭乃至社会发生变异甚或冷漠恶俗了。

其实天使无处不在。天使总是在人危难时出现，也多半在人孤苦或无奈时亮相。你身边熟悉或陌生之人给你的任何帮助，以及一丝真诚的微笑，那都是天使在工作，而你给予别人的真挚微笑和帮助，也是天使在微笑。

天使的爱是不用回报的，只要心中铭记和感恩。只是时下太多的人不懂得，还用世俗的回报把天使都搞傻了，吓跑了。

天使还会回归，因为爱永远在人间。再恶俗的人，只要有了爱，也会有点人样。你可以拒绝给别人爱，但别人给你的爱，你不可能都拒绝。我看见你的微笑了，这就是天使栖息于你的心田了。

天使的形象并非你想象的那般美丽英俊或者飘逸如仙，也许还是丑陋的、残疾的、衰弱的、贫寒的。但他给予的爱是纯洁的、真挚的，那种爱是人间至俊至美。

诚然，你再寒酸、再无能耐、再微不足道，你还可以赐爱予别人，哪怕给寒风凛冽中的小女孩一根火柴，哪怕是给无助之人的一缕微笑、一丝温暖的目光。

天使不在天边，往往就在你身旁和眼前。在你的微信、微博，及其朋友圈，甚或在陌生的人群之间。不经意间，或许他或她来了，又走了；也有可能，另一位他或她，还会在不久后出现。

也许怀疑过、轻慢过，甚至亵渎过天使，不用担心，天使还会降临。我说过，即便是十恶不赦之人，天使也会赐予他或她爱，拯救他或她的心灵，只要你心中还有一丝善念。

真正的天使从不记恨，因为天使永远有爱。天使从来就是爱的化身。这个世界之所以还充满希望和温暖，是因为还有天使一般的爱。

请保持你心中的圣洁，心中的善。在这愈来愈多陷阱的世界，也不乏愈来愈冷的感情的人间，为自己，也为别人留一份爱。心中有爱，天使永在。

心灵，还是应该干净些。置身于世俗的云缠雾绕，发上水污斑斑，身上也落满浊渍，眼睛也迷糊一片，心灵呢，我们是否倾心倾力地保持了她的净洁？

可以找出千条万条理由，叹息自己心灵的失守；可以怨艾这个世界，玷污了多少心灵，但质本洁来还洁去，这最后的底线都丢失了，自己如何面对自己！

出污泥而不染自然很难，但保持自己心灵的足够干净，应该可以力行。趋炎附势甚至同流合污则是自甘堕落。你可以言行不够高大上，不过，心灵绝不可以失之醒龊。

书海泛滥，未必能让心灵干净；与世隔绝，也有失却人生乐趣的危险。而偶尔的孤独和不停的思考，却能让心灵过滤世间的污秽和驳杂。

脸面干净的人，言行未必干净。言行干净的人，心灵一定干净。心灵不干不净的人，脸面终究也不会干净。

人世间走一回，尘埃是生命里的伴随，污泥是跋涉中的印痕，现实的雾霾咄咄逼人，但心灵的天穹依然可以干净、澄明而深远。

忙，不是生活的本意

忙，不是生活的本意。它可以是一段历程的主旋律，但不应占据生命的全部时间。

忙，即便是为了自我，也会失去真我。而对真我的错失，是灵魂的错失，是永远的错失。

忙，往往是真我的消亡。

忙而不乱是一种超级的能力，不能希冀每个人都拥有。而忙中有乱也是一种规律，有大智慧的人会避开忙中出错的陷阱。忙中一定得有静，就像白天必须要有黑夜的对应；就像没有段落甚至没有标点的长文一样，不堪卒读，或者读了使人昏昏欲睡。忙碌，可以助力成功，但真正的成功，远在忙碌之上、忙碌之外。把忙碌本身视为成功，那是忙之表象上的虚荣。

忙，也是一句最普及最泛滥的托词。许多时候是在应付别人，所以远离了麻烦，也可能疏忽了真挚。无忙碌的人生，不是充实的人生。只有忙碌的人生，也不是身心快乐的人生。忙中的难得的闲暇，恰恰是生命中的华彩。而无止境的忙上加忙，是生命的隐患和悲哀。

忙，有时也会麻痹自己，而很多人也在忙忙碌碌中甘于沉溺。及至醒来时，才骤然明白，这一切皆属徒然。美好光阴消逝，美好机缘也错失。机械一般的忙碌，损害的是自己的身心，消磨了进取的意志。匮乏了对自己的呵护，也一定缺失对别人的人性关爱。让一直绷得紧紧的弦暂时放松一下，让不断快速奔跑的脚步，暂时停歇下来。心静一静，眼再四周看看。别让一味的忙碌，丢失了自己的初衷，迷蒙了自己的方向。有的忙愈忙愈乱。有的忙南辕北辙。有的忙是陀螺似的转，实为外因催发；有的忙真是折腾，最后终究一事无成。忙不是至高境界。

忙不属于现代生活。不忙也非懈怠，不忙也不是无所事事。要做到的是有张有弛。忙忙碌碌不是目的，更非生活的全部。一时的忙是要创造更多时候的慢生活，让生活更加精彩，也更加精致。

不要到临终才明白

人生的很多感悟，有生之年应该真正从事的一些事情，包括人之爱、人之善，也许要到垂垂老矣，甚至奄奄一息、人之将死时，才终究明白，才陷入后悔，其悲其哀，比死亡更令人感叹唏嘘。生命将逝，梦已难圆。

故而生命途中的感悟弥足珍贵，悟而即行，在投入的践行中，点燃自己的梦想，做自己想做的事，努力走向自己的宿愿目标，即便结果不圆满，至少也可减少悔意，向这世界呈现自己的诚心。

人生苦短，没有完美。唯有倾心倾情，尽力尽责，方可少些遗憾，多留情爱。

感悟要趁早，并且悟深悟透，这是千金难买。悟透了，才想得明白，看得更远，走得更实在。

苦难是感悟的催化。不要惧怕苦难，年轻是吃苦受累的本钱，回避苦痛，乃至游手好闲，是对这本钱的滥用和虚掷，也是对自我的轻贱。也不必忌惮生活的平淡，水波不兴，未必表明江湖中没有涌动的暗流；云淡风轻，于哲思者而言，一样可以窥探并悟出自然和生命的奇幻。

在苦难中思索，让生命自懵懂迷糊走向清醒顿悟。

乔布斯临终时说："现在我明白了，人的一生只要有够用的财富，就该去追求其他与财富无关的、应该是更重要的东西，也许是感情，也许是艺术，也许只是一个儿时的梦想。"

人生拥有远比财富更重要的东西。何必要将毕生心血都孤注一掷于财富的获取？当什么都失去了，只留下了钱财时，这样的人生就已注定了匮乏真正的意义。被财富绑架的一生，还有多少喜乐可言？

爱生活，爱艺术，爱亲人，爱天地……那么多美好，却仅仅在对财富的追求中，投入了所有的时光，这种得不偿失，是误将工具当作了圭臬。

　　醒来吧，迷失于钱财的人。当你以为拥有更多财富就拥有更多快乐的时候，更多比你贫穷的人，早已享有了比你更加快乐的人生。

苦难的分水岭

苦难如同登攀陡峭的山，人愈走愈艰难。

有的人半途而废了，苦难还是堆砌在前边。有的人一往直前，苦难一点点被踩在足下。

苦难不时有个分水岭，放弃的无功而返。坚持的人，能看得更高远、更奇幻。苦难两边开，悉听尊便。

每个高度有不同的风景。承受得了哪种苦难，就会得到哪种精彩。

苦不堪言里，英雄和孬种，被时时分拣。

不用说苦难茫茫，连绵不绝，智慧的人生，就是探索登攀的过程，不断战胜苦难，并在苦难的阶梯上回甘。更不要说，往下走，远离苦难，一样有风景，那只是井底之蛙的狭隘。

苦难也许是某些人自找的。但自找苦难的人，也一定能找到内心快乐的源泉。

不要贬损那些比你登攀得高的人，也许你和他们的差距，就在于这一段无言的苦难。

苦难，熬过去了，就是你的骨骼和血脉，熬不过去的，就是你的心魔和深重大山！

不听闲人碎语

闲人有闲，可炮制闲言碎语。被闲憋出的言语，苍白无力，乏善可陈，除了一丝怨气。

闲心思与忙碌人，不在一个维度。盲人摸象，对牛弹琴，不是一派胡言，也终将误入歧途。

闲人指点江山，手脚可以并用，豪言频出，丝毫不会脸红。仿佛说话间，江山已被自己全部拿下，一览众山更小，唯有自己最高峰。出言更无忌，豪气能吞天下万众。

一闲成万能。唾沫横飞，居高临下。不知忙人前行负重，不识酒囊饭袋和英雄。

闲人的眼睛，看人挑水不吃力。闲人的言辞，只是说说罢了，过过嘴瘾而已。

闲人享着闲福，还咸吃萝卜淡操心，是闲惯了，也闲腻了。这种所谓的金玉良言，有几分价值可言？！

如果让闲人也忙碌起来，就不会有这些闲话了。那样，闲人就非闲人了。可惜，有的闲人天性使然，一个闲字定终身的。

闲人自有其逻辑和价值观念。他或她的吐露，你根本不用上心，也不必和他或她去争辩。与闲人争辩，赢了也是输了，浪费了自己的口舌，也虚掷了自己的时间。

闲得太慌，也会莫名其妙地折腾。闲人有太多时间折腾，闲言碎语就是折腾的唾沫，倾听了甚至在乎了，就是自我唾弃了。

闲言碎语能够占据的还是闲人自己的心地。忙人无暇顾及，真顾及了，忙人就被闲人腐蚀了，时光也化成散乱的碎片了，忙人的本真所剩无几。

所以让闲言碎语随风飘去吧，我们足下有路，心中有目标，唯需坚定快步。

谦让，不是退让的代名词

谦让是具有顶级修养之人所为，在行进中，在名利场，在输赢当口，在夺冠当前，在优势不败，甚至完全可以占有先机、领受成果的时刻，谦逊地退了一步，这一步，不啻于人类跨向太空的那一瞬间，它是情怀和世界观的标志，是自信和大度的抒写。

礼贤下士，敬重情意，临事让人一点，临财放宽一分，都属谦让范畴，都需谦让境界。这种谦让，是谦让了别人，也是给自己留下了更广阔的世界。

然而，谦让不是被动的忍让，更不是退让的全部和无奈。所有的屈辱乃至威逼利诱，都是对谦让的玷污。

谦让也绝不是退让的代名词。畏葸不前的退让，患得患失的退让，利益权衡的退让，胆识和能力缺乏导致的退让，都与谦让毫不沾边。

谦让的根，扎得很深，短视和狭隘无法明白。

谦让本质上是一种更诚实的担当，温良恭俭让的风度里，深蕴着历史的镜鉴和未来的前瞻，也充溢着善良、旷达、感恩、底气、果敢和不凡。

谦让，是足踩大地，走近伟岸，是仰望星空，心如澄月，是谦谦君子在彬彬有礼中，悄然展现未见波澜深似波澜的豪迈。

谦让可以一时，甚至一世，但真正的谦让不会容许乾坤颠倒、天地混沌、世事疯狂、人心迷乱。该出手必出手，面对抢夺和傲慢，谦让的本真会以另一种英雄入世的形象出山。

也不要期冀别人的谦让，或者在别人的谦让中骄狂自恋。

谦让提醒你要有做人的良心，也要有做事的公正和胆魄。

谦让本身就是良心的出彩。

认识谦让，就必须打开胸怀，摒弃自以为是，力戒肤浅，尊重谦让，敬畏谦让。而学会谦让，就得学会爱，学会担当，并视其为永远的淬炼，在谦让中善于谦让，在谦让中升华谦让。

心灵的栅栏

有多少心灵的栅栏，看不见，摸不着，若有若无，似坚似柔，却分明牵绊了你的心灵飞翔，阻碍了你阔步前行的步履，思维狭隘，天地缩微。

有多少心灵的栅栏，源于内心的脆弱和自卑，源于寻找一份所谓的安全和自卫。最终，它可能丢弃了天人合一的大我，换得一丝小我的自慰。

有多少心灵的栅栏，等同于父母之命、媒妁之言；是传统的劣质，是世俗的品相。它束缚了乃至奴役了你一生，你或许还沾沾自喜，感恩戴德，这就叫悲剧。

有多少心灵的栅栏，也是你纵容指使，抑或软弱、麻痹、随心而为。它形成了一个无形的自我圈禁，从此碌碌再无大为。

有多少心灵的栅栏，经历了年长月久，经历了日光夕晖，自我膨胀，潜滋暗长。摒弃优良，屏蔽丰华，把心灵囚禁于锈迹斑驳、衰落破败的古堡之中，不能自拔。

心灵的栅栏有时鲜花簇拥，美妙绝伦。别人言不由衷的赞美，自己不辨不识，也飘飘然，不知心在沉沦。沦为井底之蛙，还自鸣得意。

心灵应该是广阔无垠的，比天地更宽广。如果连想象也要磕磕绊绊，倘若思维也不敢越雷池一步，行动必然更拘谨、更畏惧。

心灵的栅栏分隔和割裂了本应广袤的心灵，多少心灵由此扭曲畸形。从他们的心灵视角观望，所见的世界和心灵也是扭曲畸形的。

要拆除这心灵的栅栏，需要超理智的敏锐和果敢，也需要足够的勇气和自我牺牲精神。拆除是一种本真的回归，也是一种理性的扬弃。拆除的过程，应该是一种灵魂的涅槃。

拆除这心灵的栅栏，还原仁厚之心灵本色，以君子坦荡荡之胸怀面对世界和众生。也许这世界或者某人曾经给予过你心灵的伤害。就让这伤害为仁爱所覆盖；让那栅栏也溶于泥土，涵养着心灵晶莹澄澈的天地。

不是不要是非，也不是不讲差别，但心域的宽窄决定了你的视野。不处处设防，也不弄小你的心眼。人与人的相处，当是心灵与心灵的包容和坦诚，心灵带着栅栏，就一定带着成见。

别人怠慢你、排斥你，或者不冷不热地待你，因为你已被别人心中无形的栅栏分移并隔离。如果你也不知不觉地怠慢、排斥别人，是因为心中已生长一片片栅栏，它已不属于原生态，请用善良与大爱去祛除这密布丛生的栅栏！

礼让，是智者的涵养

礼让，是不失尊严的退却，是主动谦逊的让步，是内心丰裕的展现，是智者的涵养。

礼让，是有素养者的礼节。礼让之间，一举手、一投足，都是君子风度、绅士神采。

礼让贤者，也礼让骄狂之人、倨傲之人。不过，前者谦谦，后者则谦谦之中充满不屑。

礼让中有一种豁达，由天空和大海的元素构建；礼让中还有一种高贵，是情怀和品质的光芒闪现。礼让，将铮铮铁骨，以别样的柔美和风韵收放自如地亮炫。

礼让一分，心宽十分；礼让十分，当为圣人。

不懂礼让，甚而视别人的礼让天经地义，来者不拒，绝无感恩之心，这样的人，是不知礼义廉耻之徒，又何必与其一般计较，自我贬损乃至恶心自身呢！

礼让虽然难免吃亏，一时唾手可得的也失之交臂。然而，它失去的往往是蝇头小利，却终究赢得自身的宽慰、尊贵，及天人合一的心境。

礼让不是怯弱，不是无奈，不是谋略，更不是要奸。

礼让是心地无私天地宽的自信，礼让是贤者本能的一种品行。礼让，生就的一种人格的磁场，自会释放善意、吸纳善意、真心诚意如阳光一般明朗有力，也本能地揭示虚伪，排斥虚伪和一切虚情假意。

礼让，也会像一面月光般的明镜，照出黑暗中蠢动的贪婪的灵魂。

从前的自己

从前的自己，正像手中牵着的一只风筝，愈飞愈远，远得有时模糊了未曾记录的历史；又仿佛是可以牵动的自己的影子，有昨日的悠悠，也有今天的真实。

从前的自己，如果很傻，也是傻得率真，傻得可爱。今天的自己，再聪慧，再成熟，都是起步于自己最初的幼稚，脱胎于从前的历练，也注定与过去的自己拥有不可斩断的牵连。

从前的自己，起先，每一晚都是对自己白天行为的自怨，后来，便转为静夜的反思。当时已渐渐明白，自己正在拔节，现在更深悟，这是可贵的内心修篱种菊，至老都不可休止。

再抱怨，再后悔，从前的自己，也是不可变更的历史。在从前的自己身上找到最善、最真的初心，提气聚神，开启新的人生旅程，是告别抱怨和后悔的最实际的路径。

从从前的自己走来，可以走得步伐平稳、坦然，走得心情愉悦。因为从前的自己已经找准了方向，找对了路，找到了与自己相合的节拍。

从从前的自己走来，也可以调整步履、修正路标、开阔视野、提升心怀，是延续自我，更是超越自我，从而走得更坚定、更遥远。

从从前的自己走出，是自我的一种飞跃，甚或一种凤凰涅槃，全新的再出发里，浸染了智者的决绝和意气风发，是生命的又一次激情迸发。

再回到从前，只是无法实现的心愿。但从前的自己却能结晶出一种可以观照之镜鉴，这是能够实现未来之梦的开端。

再回到从前，也是去萃取当年的激情、当年的纯净、当年的义无反顾和当年的忘我。将这一切与现在的明白、超然、宠辱不惊、富贵不淫更理性地糅和，再去锻造真正属于自己人生的正果。

从前的自己，已然定型，在你自己，也在别人的记忆里。今天和未来的自己，还可自我把握，你尽可以执着，创造彗星一般闪亮的奇迹，让别人的目光也充满惊奇。

从前的自己，已积淀了一个未来的你。未来并不飘渺如烟。相信一种不断汲取阳光的生命，与每天的太阳一样冉冉升起，驱除心头的雾霾，抵御欲望的侵袭，生机勃发，绚丽多姿，在大地种下自己明天伟岸的身子。

话说到此，仍未透彻心池。从前的自己，真是一个未谙世事的孩子，对天、对地、对天上的祖先及父辈道一句：我会于善于世，竭尽心力。我不能再违逆真正的自己。苍穹无限，星语不老。我想着从前的自己，谆谆自诫，像人一样活着，活出现代的自己。

奢求无望

奢求是愚，奢想是妄。耽于奢求就是耽误人生，寄托奢想就是虚妄前程。

奢求过，奢想过，并非为过。痴迷奢求，执着奢想，不仅大过，更是大错。

别奢求什么，如果不想付诸一丝实实在在的追求。也别奢想什么，倘若连一点真心实意的投入都没有。

奢求无望，因为奢求属于无本之木、无源之水。奢想无着，因为奢想依附的是缥缈虚无的思想。

不要奢求，并非不要追求，踏踏实实地去践行，就是一种祛除了一步登天的奢想的追求。不要奢想，并非不要梦想，认认真真地去谋划，就是一种脱离了好高骛远奢求的梦想。

远离任何奢侈，奢侈是当下许多身心剥离、灵魂飘飞的肇始。奢求和奢想，则是奢侈在心灵埋下的种子。

年轻时的奢求是一种迷茫，而奢想也必然不失狂妄。到了一定年纪，还依然奢求，这大约属于一种非常态，而奢想中则一定注入了癫狂。

当可以容忍对金钱、对物质的奢求乃至奢想，却鄙视对挚情、对精神的奢求或奢想，这是人性的沦丧。

奢求和奢想都是欲念无节制的膨胀，是贪婪迫不及待的追索。因为一时的自我麻痹而短暂的兴奋之至，终究是失望至极，痛苦久长。

一生若从启蒙始就不为奢求和奢想所耽误，就能从容面对人生，想自己所想，做自己所做。

有什么可担忧的？当你从无奢求，从无奢想，或者承受风雨、历经沧桑再无奢求，再无奢想，心明如镜，心神淡定，行善归真，身近地气。风也难撼动，名利又有何益！

静下心来

静心的修炼和能力，得时时培植，日日习作，长期养成。它来源于最寻常、最频繁的日常生活和时光，又重现于今后最普通、最平常的生命的每一刻。

身外喧嚣和身心的浮躁，是对静心的干扰，也是修炼静心的必要。屏蔽喧嚣和摒弃浮躁，就是一种静心的过程。静心，是对心灵的一种清扫。

对心灵的清扫，是用淡定过滤，是以坦然相濯，是于繁乱中归于简单，是由浮沫还原沉石。

树欲静，而风不止，是树自身容易被风撩拨。心欲静，而内外滋扰，则是心无定力，心有欲火。心海浪涌，是心轻易对风寄托。

心绪如水，微风一来，便生无尽涟漪。心如磐石，飓风又能撼动几许？我心本是一个天地，天地有魂，因此天地难移。

乱云飞渡，妖风肆虐，暴雨倾盆，雷电轰顶，内心从容便是一种从容。虚名蛊惑，物质相诱，声色犬马，俗利裹拥，内心从容也是一种从容。

静心，是心中有物，此物与天地相偕，汲取了日月精华；是心中有念，此念与自然相通，脱离了世俗趣味。

静心，是无所奢想，无所畏惧，也无所犹疑；是聆听自己，真待自己，滋养自己；是看清世间万事，是寻觅生命真谛。

静得下心，心是自己的；静不下心，心乃属于外在的。能迅速静下心的，心由自己主宰；经历好久方可静下心的，心灵可以回归；而那些置身于喧闹和电闪光影之中，心却沉静不动的，那心是超然于人心的。

静下心来，想自己所想，乐自己所乐，这思想中拥有巨大的快乐，这快乐中具备真正的思想。

　　每一天，每一夜，无论跌宕路途，还是平顺境遇，不管富贵年月，抑或清贫日子，找一点时间，让自己静下心来，天更澄澈，地愈坚实，天地之间，一切安然。

最难是选择

　　人生最难是选择。不是眼前无路，而是路模糊，或者路无数，十字路口，路在足下，却举步维艰。

　　幸福之路在何处，纠结于心的往往是痛苦。

　　选择的样式在考试中似乎最为容易，而问答很难完美。然而真实的生活里，问答也许滔滔不绝，而最终的选择，让人总是犹豫。道理的明白，显然并不难，但选择的结果，直接影响自己，影响现实。

选择了，也未必能够左右自己的船头，倘若没有足够的能力，选择终究流于形式，归于听天由命，属于随波逐流。

选择与选择对视，是心灵面对现实。而回避选择，有时就是逃避现实。这种逃避也是一种选择，选择了放弃，选择并且自欺欺人。

选择的丰富，其实是一种复杂引致的痛苦。隐藏着太多机会成本的反复选择，是对心灵的袭扰，而简单才是人心安然的天国。

天才和蠢货，高贵和低贱，宽阔和狭隘，暴躁和平静，无不与选择有关。一次选择，就开始了两者的分野，选择的叠加，无疑使两极相距更远。最重要的选择，往往在一瞬间决定了永远。

无所选择，可能是自己的视野和能力的缺失，是一种个人的悲哀。不容选择，则完全是外在的制度和规则之局限，是一种集体的悲哀。选择本身的宽松和从容，是人的自爱和自重。

选择吧，痛痛快快地选择，一往无前地选择，这是年轻人的专利，也是年轻人青春的资本。而当你从一无所有变得多少已经拥有时，你的选择将难以痛痛快快，也难以无所顾忌了。

不懂吃亏，终究有悔

　　大凡真正的成就，偏偏不是不吃亏的累积，而是能吃亏的造化和功力。

　　敢于吃亏者，一定拥有宽阔的境界和底气；也在吃亏的过程和催生中，得以提升并渐入佳境，世界更广大，获益更无穷。

　　吃亏是福，并非自慰，更非神话。损于己而益于彼，是一种舍得的智慧，是一番大度的情致，是让自己更坚实、更充沛、更独特，也更纯粹的一种气势。

吃点亏真算不了什么，吃大亏也无妨，吃亏能让你认识这个世界，也能认识自我。

吃亏是成就自己，心宽路更宽，心宽即是福，福运也随一路。

不懂便不愿，不愿便有坎，坎即沟壑，阻隔了天地，局限了自我，也把自己所有的梦想和向往，都禁锢束缚，唯留下凄凄惨惨，自怨自艾。

算得太精的人，人缘再好，也会逐渐化为轻烟四散，算进不算出的逻辑，可能蒙混一时，迷惑一时，甚至成功一时，却不可能长久。

时时不愿吃亏，处处想占便宜，轻乃心胸狭隘，重则已呈病态，不可救药，唯有自救，刮骨疗毒，甚至换骨脱胎，方有未来。

吃小亏往往吃不了太大的亏，怕吃小亏则常常吃了大亏。亏在那里，如沟沟壑壑，越过去，就是越过迷雾般的心域。

不懂吃亏的结果，必将是一无所获，也终究有愧于自己，有愧于人世的烟火，时光倏忽，也必然有悔于所剩不多的时日。

能吃亏者、善吃亏者有大勇，更有大智。生活的绚烂必是向着他们芬芳夺目，风光时时。

月亏而美，月圆也因亏而成全。世上为人，该吃亏的不吃，人非真人，枉为人身，与善美甚远。

机缘随了谁

机缘这个东西是存在的。

不可一概地指责她孤高孤傲，稍纵即逝；也不能简单地非议它难以捉摸，甚或薄彼厚此。

机缘的稍纵即逝，是她的天然特质，是她的活泼因子，她飞闪如电，也因此可贵珍稀，不是所有的人都可轻松捕捉的。

机缘是拥抱那些有准备并且执着的人的。有备的不仅是才智，还有拥抱机缘的胸怀、情怀，超然的情商和心志。

有一种锱铢必较的人，自以为如此在乎每一个细小，就可以抓住机缘，其实这最易将机缘丢失。患得患失，是机缘的负极，是有漏孔的汤匙，令美好的机缘成为一地鸡毛。

机缘是无形的，所以特别需要敏锐的眼光，超前的意识，瞬间的把握和行动的及时。

机缘也可能不是单个的，往往接二连三，也许环环相扣，互为支持。少了一环或许就前功尽弃，从头开始。因此要有连续的自信和定力的坚持。

情绪的滥觞，挽留不住机缘的步子，机缘的步子也不会跟随你的情绪和思维行事。

机缘说来就来，说去就去，你的等待，必须昂扬着一种精神，高擎着大地一般辽阔的天池。让机缘星星一样撒落在天池，在天池里闪光和摇曳绚烂的舞姿。

一生在世，有多少机缘相随，又有多少机缘闪走。你也尽可随缘。有一种随缘，也是与机缘从容相待，也许这种从容，可能也会获取更多的机缘。

不过，真正难得的机缘一定不是天上掉下的馅饼。因此不可守株待兔，也不应被动消极；时刻准备着，运用你全部的身心，机缘不会这么冷酷无情。

机缘随了谁

时光的碎片

有的人在时光的碎片里已然黯淡，有的人在时光的碎片里终究耀眼。

时光，在很多人的眼里、心中和手上，就是碎片，今天如此，明天这样，后天依然，仿佛这一切不可更改。但在有的人的眼里、心中和手上，时光，比金银更可贵，可以缀成生命奇彩，风光无边。

毋庸责怪自己没有时间，无志无趣的人，也有懵懂无知无意志之人，才把上帝赋予自己的时间，都撕裂成了碎片。撕成了碎片，还攥着碎片怨天尤人，给自己制造了生命的悬念乃至悲哀。

没有奇术，也不用神助，用一种信念和执着，将时光的碎片缀成耀眼的明珠。犹如散乱的石子，携起手来，铸成一条坚实的路。

烦琐和狭隘，会撕碎时光；懒散和玩乐，也会将时光分解成片。而心灵的气场可以令时光净洁如雪，也可以让时光完整如玉。

也许生命同样长短，但时光分配并经过每个人之后，呈现出了不一样的状态、质地和色彩，可以说，时光改变了人，也可以说，人改变了时光。

把时光融入善，融入爱，给予自己，也给予身边人，给予每个人，给予这个世界，即便化成碎片，也片片灿烂。

时光要么碎在无奈，要么碎在自觉。前者完全被时光裹挟、淹没、迷乱，而后者自我清醒，自我奋争，自我救赎。

悠悠时光，飞逝如电。宁静与喧嚣，安定与纷乱，皆成记忆之模块。碎片化的记忆里，贯穿有生命的真挚、激情和创造，这就是时光的不凡。

时光漫漫，无声而来。青涩还是成熟，淡定还是茫然，都须直面，无法回避。不确定的未来里，注入了人生的乐观、坦然和期待，时光也并不畏惧碎片。

有的人在时光的碎片里已然黯淡，有的人在时光的碎片里终究耀眼。时光是永远公正的魔镜，它会让正直善良之人的心里投射出真伪，也会令畸形丑恶之人的心里生出自愧。时光的碎片，在你我他的记忆之中，即便愈来愈远去，总有某种特质愈来愈清晰。

守时，不仅仅属于绅士

有一种尊重，叫守时。尊重相约的群体或个人，这是最能直接令人感受到的真诚和品质，不用深入，勿借言辞，是陌生人心灵默契的第一次，也是你自己个人亮相的新标志。

那些习惯不守时的人，每次都有充足的理由，而且振振有词，无非天地有负于他，社会拖累了他，他总是受损的一方，因此不能守时，不是他的过失。因此也沉溺于这种自欺欺人、自我解脱的心池，结果不可收拾。

不尊重他人，自然也是对自己的不尊重。当守时也成为交往间的一种奢侈，这种交往的天地即便曾经茂盛，最终也会渐渐蜕变为沙漠的身子。

守时，其实是一种基本素质。绅士常有，所以乃称为绅士。可是它不仅仅只属于绅士。淑女可以故作姿态，姗姗来迟，可一年四季老是如此，大约只有闲人俗人会相陪发痴。以此类推，除非你是奇士，要不，想做事做大事，多半受不住这种傲慢或傲娇的仪式。

守时，是一种习惯养成，功不在一日一时。是从他人考虑，也是为自己着想的一种不可轻视的自律。是常态的显示，也表现在平时。是内心的坚持，也是涵养轻舒慢展的英姿。

守时与否，看似小事，也可能决定大事。守时的内涵，其表现的张力远甚于美丽的衣饰。各种守时，就支撑了你形象挺括的特质。

所以不要小觑守时，这是细节，也是礼节，是重要的面子和里子。

倘若连基本的守时也做不到，那更大更多的承诺和约定，又如何令人相信？

从守时开始，迈出坚实的步子，走向希望的彼岸吧。

竞争，不是全部的人生

竞争，不是全部的人生。竞争，正渗透到了每一寸土地，每一缕空气，这污染了人们的精神，窒息了我们的灵魂。

生存，并不唯靠竞争。共享和相谐，从来都促进了人类和自然的兴盛。把人性归之于竞争和排他的人，是原始和愚昧之人。

人确是动物的一种，也确是抱团取暖的一族。竞争只是生活中极小的一部分，也仅是一种方法，它不属于人的本身。

每一个毛孔都充满敌意，每一丝鼻息都蕴含竞争气味，这竞争之人也几无人味。远离这样的人，也千万别成为这样的人。

竞争的无限蔓延和无断升级，正让私欲无止地膨胀，利己主义愈益猖獗。道德的缺失，无疑与无序泛滥的竞争有关。竞争，不应主宰整个社会和人生。

竞争应该是社会的其中一条规则。温情和共存是社会的重要的基调。放弃竞争，失去的可能是名利，得到的是宽阔的世界。

赢得对手，竞争获胜是一种美，是英雄之美。能赢对手，却毅然放弃竞争，更是一种美，一种人性之美。这个时代需要英雄辈出，更亟待人性光芒的闪烁。

不是排斥竞争，而是要让竞争退居合适位置，有所为有所不为。竞争过度，未必是在推进人之进化，更多是扼杀人的本身。

很多获得并非竞争而来的，也不是刻意追求的。愈心平，愈人性，愈随意，愈大气，意中和意外的人生快乐，就会愈多集聚。

是的，让竞争走开，不要让它在心灵世界独占。竞争充满心灵之时，也是善良尽弃、仁义丧失之初。

年轻时可以有一些竞争，但不可将此奉为圭臬，甚至不择手段，这在年老后内心必然悔恨。在阅尽人间沧桑之后，更会懂得温情至重，而扰乱心安的，常常就是不服，以及蠢蠢欲动的竞争。

生活是美好的，竞争的领域当然会有雄壮，有精彩，而竞争之外的世界更广阔，更柔美，也更精彩。让竞争作为推动阳光普照、社会有序、人尽其才的一种手段，而让仁心宅厚，人性的光辉成为天空的星月，微光永远。

与浅薄之人相处

与浅薄之人争辩，你再深刻而终究显出浅薄；与深刻之人交谈，你再浅薄而总能表现深刻。

浅薄之人往往在酒桌上以自己的语言与酒精，暂时控制场面；深刻之人则常常并不显摆，他的醇香回味长远。

浅薄之人及时认识自己的浅薄，这是深刻的开始。只怕从无认识，还自以为是，那是深深的无尽悲哀。

浅薄之泛滥以致无可遏止，是深刻之堤的溃决，必殃及万物，扼杀新生。

你若深邃，何必与浅薄之人较劲，深也显浅；你若浅薄，又如何与深刻之人斗智，浅则见底。

浅薄之人看不到自己的浅薄，也不懂别人的深刻。当他认识到自己的浅薄时，他也会正视别人的深刻。

浅薄会让人固守握在手里的东西，至死不渝，但终将最珍贵的事物错失乃至放弃。

财富的贫富只是暂时的物质表象，浅薄和深刻是人不可掩饰的内心模样。

对浅薄无知之人的苦口婆心，是菩萨心肠，但未必是深刻之人的智慧眼光。很多深刻之人是在与浅薄之人的较劲之中，消耗了时光，也折损了自己的光华。

与浅薄之人最好的相处是置之不理，让自己变得真正深刻，是尊口少开，多多思想。

耳闻浅薄之人的聒噪，深刻之人更认知沉默的力量。只是索取、只有自己与颐指气使，妄自尊大，皆属不知天高地厚的浅薄无知，与深刻无缘。

每一个深夜，我面对无边的苍穹，以凝重的静思，去滤尽白日沾染的肤浅和尘土。

即便是肉胎凡身，也宁愿少一点浅薄之乐、多一点深刻之痛，因为其乐有痛，因为其痛有乐。

深知自己置身世俗，难免浅薄之痕，但绝不以深刻修饰，只为不失思想之真。

请托，带着感恩的心

　　这个世界，请托无处不在。血脉相连的亲属，朝夕相处的同窗，职场相遇的伙伴，素不相识的路人……一声打扰，一句求情，皆属天下常事，一如生老病死，人食五谷，谁人一生不逢？

　　不过，对于正常人际的相求请托，我想说，请拥有一颗感恩的心。

　　撇开所有交易性的互求，剔除有关责任义务的担当，正常的请托应该是非苛求的，在情意的包容与和善之中。是看人方便，心自恳切，言语也不无浓郁谢意。

请托，是心领神会，是互相信任，是蓝天配上白云，是可能的情意递增。

请托，不是转嫁负担，也不该令受托者承受重重压荷。己所不能，放大他人的能量，也是一种不自量力，是对他人的不尊，也是对情意的一种伤损。

请托，就是要条分缕析，先自承担所有自己能承担的，让受托人尽可能顺风顺水。类似点石成金的助力，是完美的请托，是两情相悦，也必然助推情意的升华。那种把自己难解的扣子，连同手中一团剪不断、理还乱的毛线，推给别人的人，一手编织了这场请托的结局，败兆已显，也是对情意的轻慢。

面对现实，请托的结果也许不尽理想，但人已尽心，情不应相减，仍应心怀感恩。

你有你的难处，他人也有他人的局限。他人已为你有所付出，费了力，尽了心，也与你共同经历希望到失望，甚至可能比你受到更严重的挫伤，这本身就是一种至善至诚，可贵难能。

不以请托成败论情意，论真诚，论感恩，这是一种做人的境界和情怀。倘若请托随心顺意了，这是情意的造化，是你的福分，也是受托人的宽慰。但今天的阳光灿烂，未必保证明天不出现风霜雨雪。斗转星移，人事嬗变，此一时，彼一时，世界模样无非如此。

这个社会，谁不托人，谁不受人托？即便素昧平生，也难免有所相托。但少托人不托人是一种格局。一拖再拖，若非生死攸关，大河终变小溪，乃至走向枯竭。

对于帮助过你的人，心存感恩，即便今天不再续助，也铭记真情十分。

让请托在情感的美丽中进行，在阳光公义下实施，在人性的微光里存在。

我愿托人的人始终真诚，始终心情平和，我愿受托之人也坦诚至诚，助人为乐。

赠人玫瑰，手留余香，此香怡人，快乐无疆。

任何时候，任何人事，请托，请带着一颗感恩的心。

真正的贵人

　　内心呼唤和翘首企盼贵人到来，其实一如凡夫俗子梦想仙女下凡，都有可笑之处，又往往可以释然。谁不想平凡的人生旅途更顺心更出彩，乃至于奇迹绽现呢！

　　贵人在哪？他何形何态？何行何言？在何处可以寻找，在何时能够露脸？寻寻觅觅，苦苦等待，许多人一生蹉跎，自怨自艾。

　　贵人究竟在哪？贵人在你自己的心里呀！他和你形影

相随，日月相伴，思你所思，想你所想，只是你自己浑然不觉，有时还难免自轻自贱，不识贵人真面目，贵人自不待见！

真正的贵人，与你气息相通，血肉相连。在你持之以恒地探索追求时，给你力量，在你面临困难抉择时，点明方向。贵人是智慧的，没有什么可以畏惧。贵人是自信的，那种定力无可比拟。贵人是善良无私的，只有给予，不求索取。贵人是可亲可爱的，和你一起流汗甚至出血，为你忧而忧，为你喜而喜。

这样真正的贵人在哪里？不用苦苦找寻了，真正的贵人是你自己！有谁比你更了解更热爱自己，有谁更能无怨无悔无私无畏地支持自己，非你自己莫属！是的，是你自己！

真正的贵人是你自己。所以你必须付诸全部的努力，而不是守株待兔，太多依赖，不假思索，随心所欲。一分耕耘一分收获，在你充分投入时，要相信内心的贵人终究在坚定地挺你！

真正的贵人就是你自己，自己认识自己，自己把握自己，自己的目标及其追求过程，自己理喻，自己可以给自己助力！

千真万确，自己就是自己真正的贵人，自我提升，自在前行，自由翻跹。

壮志，都需要自己坚持，不懈努力，缺了自己这一核心，外力不成任何东西！

真正的贵人是自己呀，无论跌宕起伏，还是一马平川，无论黑夜压顶，还是阳光明丽，你自己的贵人，该出手时会出手，该消隐时无踪迹。召之即来，挥之则去，一切缘于这是你可随意支配的自己。

真正的贵人，已与自己融于一体。

认识真正的贵人，并且足够地去珍惜。疏忽，就是辜负；感恩，首先要鞭策自己。

只有真正认识并在乎自己这位贵人，才会懂得认识并珍惜身边贵人的真道理。

悟性决定当下

悟性决定当下，更决定未来。很多人并不缺乏机遇，也不缺乏才学，他们虽然可谓聪明，但往往缺乏悟性。

悟性是一种特别的颖悟，是一种豁然开朗的视野，也是一种蓦然回首的发现，是对自我毫不犹豫地否定，也是对现实的彻悟和超越现实的明白。

别自作聪明。那些与悟性相差十万八千里的聪明，本身就是一个迷人的陷阱，它迷惑了许多人的双眼，令他们畏葸、自满、麻木和自以为是，最终让这些人如行尸走肉，悔之晚矣。

悟就得大彻大悟。不必经历大的磨难，甚至曾经拥有低俗的快乐，但从经历的磨难和快乐中去彻悟生命的每一要素，并决定人生的道路，这才是悟性的本质。

顺境之悟和逆境之悟，各有区别，也效果不一。但绝大多数的人都会有逆境之悟，只有极少数的人才会有顺境之悟。它与无聊至极和寂寞难耐无关，那是黑夜里的闪电、平静中的提炼、长路中的骤思、安逸时的远虑。

悟有大小之分。有所感悟并非就一定真正醒悟。小悟若不升华成大悟，也只能得过且过或者自欺欺人。悟也不可定型。人之一生，应是悟到老、悟无止境。

悟是天赋吗？也许是，也许不是。你从不想悟，或有小悟就志得意满，并从此止步，那悟属于天赋，你生就匮缺。而你感悟无止，时常有悟，那悟算不上天赋，完全是你自身的勤思。

悟也与出身家境之类并无绝对关联。那些囿于家境、自认宿命的人，是思想的沉沦、平庸的惯性，因此与悟往往分道扬镳，是自我排斥了悟。

外部的推力难以使人深感悟性。悟性发自于自己的内心，是心灵的顿悟、混沌中的大开化、茫然中的真启明，是自我的蜕变和腾飞之伊始。

眼睛睁着，可能睡着。眼睛再大，也未必看透现实。悟性更是无关眼睛，它关乎心灵，关乎深思中的灵感乍现。

有的人一生愚钝，终至冥顽。有的人小有聪慧，却大事贻误。有的人积小悟为大悟，从此明白无误。有的人幼年即大悟，快乐富足；有的人老了才醒悟，唯叹时日已无。悟性看不见，价却远高于黄金珍珠。

悟性的高低，也许决定不了你的贫富，但应该决定了你的贵贱，决定了你的快乐的长短和深浅。

谈 平 庸

平庸乃至沉沦，说起来都可以归咎于外部环境或情势所迫，但其核心在于自身缺乏自救的勇气和对愿景的真挚。

不是终究拗不过生活，生活自有不同境界。有的人已开始登上了远离平庸乃至沉沦的平台，但他难舍既得，即便是一地鸡毛，他也始终留恋。

可悲的是对人几无真诚，只有所谓的小聪明，实质是狡黠，只是在自我设计的狭隘天地折腾，怎么能逃离平庸和沉沦！

　　自然，我们芸芸众生，都食人间烟火。但人自有差别，努力不懈地去追求，是向更高生活飞翔的姿态。平庸和沉沦留给并不少见的行尸走肉。

　　也许不会承认自己的平庸和沉沦。因为在井底攀爬，一片天空就是全部。那么也许永远如此迷糊，也许某一日会蓦然发现，只是美好时光早已尽失。

　　谁也不可能生来就甘于平庸和沉沦。平庸往往肇始于对现实生活的屈服。即便抓到了攀上井口的绳梯，依然患得患失，止于怯弱或者其他。

　　平庸本身就是一种沉沦。缓慢河流是对奔腾向前之激浪的阻遏。平庸与进取又是何等天壤之别。拒绝平庸，也是拒绝沉沦，通向平庸之路与沉沦之路很近。

　　绝不是指责那些平庸却善良之人。要斥责的是真诚匮缺、不无诡秘、身上有着顽固的平庸和沉沦的基因之人。

　　用激情和真挚与平庸和沉沦抗争。这是智慧和勇气的凝聚，也是理想与现实的着力。愿我期盼之人脱离庸俗和低级趣味，葆有真善美的昂扬之气，这是一个梦，也是真正的行动。

　　不思进取，或缺少执着，便容易滑向平庸与沉沦的泥淖。而境界俗常，目光狭隘，则更可能陷入平庸与沉沦的沼泽。

　　为足可脱离却心甘情愿平庸和沉沦的人痛惜，也为自己唯有痛惜却力有不逮的人悲泣。毕竟，超越才是生命的主旋律。

向善的心域

　　向善的心域，是宽谅包容的天地。它能抑制自身私欲的孵化，也能融化曾经怒不可遏的私仇迸发。它是另一种旷弘豁达的境界和心态，俯瞰过去的个人恩怨和得失。

　　向善倘若是全民的心态，那是国之幸运，也是每个人的福祉。拥有向善主流的国度，它也一定拥有无可比拟的未来和当下无可比拟的幸福指数。

　　幸灾乐祸的人，少有向善的心智；落井下石的人，匮乏向善的因子；害人不利己的人，也几无向善的成分。而以一己私欲无所不及之人，是与向善彻底相悖的，那结出的恶之花，是自我迷惑，也将最终毒害自身。

向善，就得明辨是非，就得慎独思维。人云亦云，未必向善，盲目呼应，必有恶秽。向善，是以自己的宽容慈悲待人，是以菩萨之心普惠周遭。

向善是将心比心。向善是惺惺相惜。向善是以德报怨。向善是爱己爱人。向善是告诫自己也是告知他人：爱暖人心。

向上未必向善。我们太多地去引导人向上，而这"上"脱离了"善"之内核，总有崩溃坍塌之时。向上先得向善。不可能时刻都能向上，但必须时刻向善。

爱人之心不可无，害人之心不可有。向善乃爱处处皆美，向恶乃恨时时显丑。没有人欠你的，哪怕有人有意无意地伤害了你。但你可以认为自己欠任何人的，因为向善本来就是无止境的。

人本性善还是人本性恶，这是人间历来争议不休的问题，折腾不止。不如将全部努力用于全人类、全社会的共同向善，以善为目标，营造人们温馨的心灵花园。

向善自然并非放弃针砭时事、鞭笞丑恶、同仇敌忾，甚至除暴安良。向善是扶正祛邪，培育真善，绝非东郭先生的怯弱和农夫与蛇故事之衍生。向善也必须执着、坚强和坚忍！

　　向善是需要智慧的。于个人而言，培养向善就是培养特别的心智。所以学习、感悟、自省和磨砺都是必不可少的，并成为一种营养血液注入自身。

　　向善充满美好，而美好总难尽善尽美，但始终不懈地努力着，就是美好盈盈，天朗地阔。置身于此，快乐何比？

我们珍爱珍惜

传言满天飞，比病毒流行。更需心中有定力。真相不是乌云长久遮得住的，谣言也在阳光下必露原形。

一人担忧忧更忧。此忧国人共同担，忧不可惧。病疫已成天下大事，忧又不可小觑。众志成城就能书写新的历史。

独乐乐不如众乐乐。独乐有，众乐也有，则最乐乐。这个春天，读书看剧是乐，和国人共听前方捷报，乃大乐。

才饮长沙水，又食武昌鱼。不管风吹浪打，胜似闲庭信步。这豪迈的诗词，还会写在这片土地上。此刻，我们需要斗志的鼓舞！

回乡的路很长，长得如同一个季节，跨越生死的季节。走过去，每个人，都可以实现回家的心愿。

一只黑天鹅的骤然降临，给我们带来一时的困境。但黑天鹅也促使大众警醒，建立一种抗体机制，才能让天地复归平静。

黑天鹅之后，会有一种蝴蝶效应。在充满活力的土地上，在压抑之后的喷薄中，涌动着发展的又一轮创新。

风吹苍生，这是一场生死阻击，也是一场身心的历练。

面对灾难，人应懂得荣耻，并且愈发敬畏生命，敬畏自然。

不必过多修饰个人仪容，但我们应该付诸行动：从自己做起，尊崇天下文明。

被糟蹋的山水，被蹂躏的伦理，难以真正回归。切莫大意！

此刻，要向在这疫病中逝去的生命，深鞠一躬；也要向天地深鞠一躬；然后，向着一个星球的人们，再鞠一躬：我们珍爱珍惜。

我们务必共同抗疫。拜托！

轻易的获得都不会长久

历经艰难的收获，总是令人万分珍惜的，因为它的来之不易，有投入的心血，辛劳的汗水，有一言难尽的崎岖，也必包含刻骨铭心的努力。十分耕耘，可能仅是一分收获，收获弥足珍贵，呵护也会小心翼翼。

而那些唾手可得、来得快、来得轻飘的事物，也随时可能丢失，去得快，去得一如浪花水沫。

名如此，利如此，人间万物莫不如此。熊瞎子掰玉米，掰一个，扔一个。光头和尚混日子，做一天和尚，就敲一天钟。时光在某些人的世界里，是最廉价的，因为他们认为这是出娘胎之后就自然拥有的，并不稀罕。而轻易抓在自己手里的东西，天然便贬值，甚至往往也被视作赘物，好东西的另一个名字，似乎叫作遥不可及。也唯有难以获得的事物，似乎才是珍贵无比。

轻易的获得，有很多方式和形态。巧取豪夺是一种，顺手牵羊是一种，德不配位是一种，额角碰上天花板，也是一种。凡此种种，必然会轻易地失去，这应该属于天经地义。

易攀登的山，一定与雄峻无关。易跋涉的河，也无缘汹涌澎湃。也有太多的人不能明白，有的事物其实是来之不易的，比如天天的阳光，时时的雨露，它们虽然不邀自来，源源不绝，唯因多少机缘和母亲十月怀胎造就的人生，方能享有。以为是自然而然，甚至视若不见，不懂得珍视，注定，阳光雨露于他们而言，也不会长久。

有的厚禄官爵，轻巧地落在了连颈脖都未能伸直的头颅上，失去则指日可待。有的万贯家财，轻飘地揣在了连胸襟都未能长成的怀抱里，哪有可能归得其所！

付了心血和汗水，甚至于冒天下之大危艰，担生命之真风险，这样的获得，重于泰山，价值连城，丢失也难。

轻易获得的人，身心也是轻飘的，浮泛虚空，载不动几多责任，也匮乏必要的支撑，就像毫无根基的树，风雨可以随意播弄。

奢想轻而易得，这是一种疾病，人性之丑陋，时代之瘟疫。当它被抵御被唾弃时，这时代就会呈现祥瑞和正气，而当病无防，陋发狂，疫更张扬，这时代也就沉沉戾气，世事混沌，不见天地了。

人生最美在投入

　　人生最美在投入。

　　我们往往太看重收获，收获也确实让人血脉偾张，激动和狂喜。但投入的过程，是心灵的神往和期盼，是充满想象、充满悬念的时辰。哪怕留下的是一滴泪痕，也至情动人。

　　投入，投入，再投入，甚至只问耕耘，不问收获，这不是对经济成本的不计不顾，这是对投入的真诚，是对投入的真正在乎。

计较收获，就会计较投入，投入也就成为一种痛苦；享受投入，就会发现投入之美，投入就成为一种特别的幸福。

浅尝辄止的投入，也只能收获浮光掠影似的事物，就像肤浅的树苗，何以能长成参天大树！深深的投入，并让投入作为人生的景物，投入便是最美。

心驰神往的投入，是人的福分。如果投入连方向、连欲望都没有了，人还会有多少快乐。

不知投入之美的人，也无法懂得收获之美。投入是登山，登上山巅的刹那间是美丽的，而登山的过程都是用尽心血、竭尽心力，也是最美丽的。

投入便是付出，心甘情愿的付出是心灵的愉悦，能让心灵愉悦的，又有多少时光？投入是拥有资本、具备激情的事业，不是什么都能遇见。

都说过程是美丽的，那么真情的投入一定是最美的。只要认准了是心灵最珍贵的追求，投入就一定是人生华丽的成就。

只想着获得，却不懂投入，这是很多人的悲哀。傻人为何也有傻福，别只是妒忌和羡慕，他们是投入的幸运儿。

投入的道路也是坎坷不平的，不过，投入因为有信念的坚定，才会让所有的坎坷夷为通向快乐的平地。

不要吝惜投入，更不应畏惧投入。人生就是一次投入的过程，在投入中领略人生的风景，感受真正的人生。

连投入也没有或者也不敢的人生，犹如没有行动的梦想，仅止于梦想，虚幻而缥缈，也是虚掷了人生。

看客心态是一种危害

看客心态是一种危害。危害并非言重。把自己从主人的位置倒退为纯粹的看客，这是自我贬损，是别人无法企及的危害，却是自己不战自败。

看客或者袖手旁观，或者起哄呐喊，没有上场意识，哪有担当责任？当看客的状态成为社会的状态，这个社会只有衰败并只会拥有看客的喝彩。

看客只是看客。指手画脚、竭尽冷嘲热讽之能事的是看客中的一品，沉默寡言、心如死灰的也是看客中的正宗。

人生是过客，但不要只做看客。世界是祖先的，是后人的，也是我们的。实打实地奉献，雁过留声，草飞留痕，不枉一生。

大凡看客多半有眼无心。也有的看客有点心却无情。更有看客有点情却无勇也无能，只留下生动却无神的眼珠，被人看，看人们。

其实，看客还是四肢健全的。但他的胳膊肘只是弯向自己的，他的腿只是奔往看热闹之地，或者逃离危险之境的。连着的心是冷的，手脚也必然冰冷。

看客无数，而见善不为者无人；议论纷纷，而勇于实践者不见。看客踊跃，卑劣蛮横则愈见猖獗。怨别人乎？怪自己乎？

旁观者清，但清者只是旁观，何来清明？只在唇舌上飞走的清醒，如同只囿于心知肚明的情境，只能换得自己作为看客的一种暂时清静。

生命中哪有超然于世的看客。当看客以漠然对待世界时，他也正在被世界漠视。看客今天所见所为，明天看客必会无奈接回。

看透看客，是一种敏锐和智慧，是看清他人，也是认识自己。而看客总是看穿别人，却不愿看清自己的，更不可能超越自己的，看，也是有限和迟钝的。

拯救社会，需要从拯救看客做起。他们的麻木不仁，助长了许多恶习。看客心态本身也是恶习中之恶习。如云的看客里有丑陋的影子。

社会清明，人心纯净，不是自来的，更不是看客看来的。沉默未必是金。看客也在糟蹋金。明白人，应该是看得明白，想得明白，做得明白。看客不会都明白。

释放善意，是善之花

　　释放善意，是善之花。人心的善意，要舒卷飞扬于现实，这比只蕴藏于心更具意义。就如花之绽放，是树枝抽芽暴绿的更高境界一样，释放善意，是善意的本义。

　　内心的情感可以深藏，而善意应该释放。能够释放善意，足以说明你拥有善良，并且把善意转化为了一种向上的能量。而向你投去的赞美的目光，又凝聚了更多的正能量，在你心房，也在别人身上。

释放善意，是一种能力。不是所有心地善良的人，都具备这种释放到位的能力，这种能力植根于善良的心地，又在心灵和现实之间得以培育。

释放善意，更是一种魅力。由内而外的善意的传扬，是精神的一种高贵，是人性的一抹阳光。人与人总有相通，而能够释放善意的人既显主动，也显宽容，更是人格魅力精彩地放送。

善意的释放，也有可能遭受莫名的伤害。艳丽夺目的鲜花也会被污损，甚或被践踏。善意在恶人面前，从来不是什么宝贝。但四季花开，何惧萎谢？善意释放，也该不观人眼。

善意的释放，是蓓蕾的盛开，其过程是生动的变化，有时缓缓推进，有时骤然成形，这是美的节律，飘逸着自然人性的神韵。

释放善意，是将温暖传导到别人的心里，是将温情化解人之间的隔阂，是将温馨弥散在生活的空气中。善之花的开放，虽不功利，但终究会收获善意之果，这来自自己，也来自别人。

释放善意，并不需要雄厚的物质实力，那些出手阔绰的行善之人，有许多并非对善意珍视，而是对善意简单的处置，是用物之手遮掩了善之心，善意唯剩哭泣。

释放善意，也勿以善小而不为。一丝善意，于己可能微不足道，而对别人而言可能就是春风扑面。善意的杠杆效应，在人心可以充分发现。

对自己的朋友，释放善意，也对自己陌生的人、并不喜欢的人乃至竞争对手，释放自己的善意，这种真诚和大气，未必气贯如虹，却可以温润干涸的心地。

对每个人来说，其实都有释放善意的可能和地方。吝啬释放善意的人，一定算不上是心灵光明、心理健全。只要你乐意，善意是不会缺少的，一句言语，一瞥目光，握一下手，抚一下肩，都是善意的释放，而微笑是最平常的善意的释放，所以微笑也是最可见的一种人性之美。

释放你的善意吧，抛弃赐予的心态，也割舍狭隘的心域。也请接受别人给予的善意，以善报善，微笑面对。倘若人人都释放出真诚和善意来，这人类心灵的阳光将强劲地证明，人间就是天堂！

秋天，别忘了沉思的节拍

秋天，别忘了沉思的节拍。急切如鼓的，是自春天而来的期待，而收获的脚步，也从来都属于奔马踏路而来。此时的沉思有顷，应该是一种理性的回眸，获也清醒，失也明白。

沉思的节拍，是一种淡定冷静，是行为的不急不慢。磨刀不误砍柴工，沉思，也是心智的调适，是行动的自觉，是急骤旋律中一段低回深沉的行板。

秋天遗落了沉思，在下一个秋天，也许收获更多的反思。沉思，也从来不是多余的东西，学会在秋季沉思，让你真正懂得秋之含义，并把握好一年四季的每个日子。

在秋天的静思，有一种静美，恬然而深邃。春天比之忧郁，夏日也较之浅显。在秋天，这种沉思，就是一首浑然天成、内涵丰满的诗。

在收获中而不忘沉思的人，是冷静之人，感恩之人，追求完美之人，眼里有昨天未来，心里深知前因后果。

不是说收获之后不可狂欢，而是说狂欢之余你是否把握收获的真谛。

不是说秋之沉思神效无比，而是此番沉思最能对秋燥作抵御。

秋思肃然，令身心愈发成熟凝重。秋思悠悠，一番感悟，面对冬寒，不再怯步。

秋天，别忘了沉思的节拍

步履愈快，时光愈快

又一年时光匆匆，竟心慌意乱，为何这几十年已然飘逝，留不下，抓不住，只化身为无形的记忆，一种遗憾，一声叹息，还有终于拨冗写下的一些文字……

时光很诡异。小时候，总感觉时光真慢，一日又一日，缓缓流转。不懂惜时如金。长大后，深知时间就是生命，想抓得紧些，却感觉时光飞逝如电，转眼，已过知天命之年。像在游乐园等待过山车，总是嫌慢，坐上车却往往觉得结束很快。这由慢而快的感觉，本身就是一种玄妙的时光寓言。

时光无形，时光又分分明明，白天，是以阳光和万物显身，夜晚，又以黑暗和梦境化影。日夜交替嬗变，生命也于其间穿行。生命在无垠的时光里，一如闪亮的彗星。

时光是生命的平台，也是生命的包容。每一段消逝的时光，在生命里都留有痕迹，也都是有意义的。怀念是生命对于时光的最好依恋，回忆是时光回馈生命的最佳礼物。

时光茫茫。认知时光而又不迷失于时光，在乎时光而又不惧惮时光。时光就是我们的须臾不可分离的空气和阳光，珍惜并且珍视地支配，浪费等同于践踏，错失无异于轻慢。

真的太快了。步履愈是匆匆，时光也愈是匆匆。忙碌过后，发觉时光也飞掠而走，有几分充实，也有几分惶恐。忐忑的是，这么打发时光，对得起时光，对得起生命吗？

到了这个年纪，应该知道如何对待时光、对待生命了。在无色无声无形甚至无立场的时光里，勤勉劳作，矢志逐梦，创造出有声有色有形更有神采的事物来，这是让时光留驻、生命永存的唯一路径。

时光在悄无声息地流淌。匆忙的节奏中，倘若合着前行的节拍，踏着坚实的足印，辉映着时代的哲思，这匆匆就是从容，这流淌就是挥洒，这悄无声息就是实实在在的深耕奔放。

因为懒散，因为松懈，因而缓慢，时光就是被稀释被涣散的生命本质，刻画不出强者和时代的筋骨。这种缓慢是对自我能耐的怠慢，是对蓬勃生机的消极轻贱。

短暂休闲和缓慢的时光是调整和充电，是必须和不可缺乏的。但长期的休闲和缓慢属于退却，属于慵懒，甚至有的就属于苟活人世和行尸走肉之辈。进取奋发的人，不仅经久稳健，快步前行，有时还必须捏紧手心，跑步前进。步履愈快，时光展卷，创造更雄奇。最美的不是昨天，也不是未来，而是今天对时光的珍爱，在珍爱中激情喷溅。

烦恼只是天空浓厚的云

烦恼只是天空浓厚的云，它不应长久占据人的心地，也不该在心湖烙上深深的痕迹。快乐的风时时吹来，烦恼便烟消云散，天地依然纯澈静美。

人生谁无烦恼呢！快乐的人只是更懂得摆脱烦恼的纠缠。在烦恼的原野，寻找到更多快乐的丛林，在快乐的林子里，保持常青的活力。

那些生就不幸的人，也不无快乐之处，在他们真正懂得生活是不能沉湎于烦恼之时。快乐就是生活的阳光，应该在快乐的阳光中享受人生，享受当下，享受美好，这是智者的人生。

烦恼常有，也时时令人清醒给人警醒，保持生命的足够警惕。烦恼太多，过于紧觉和敏感，愁云密集，全无乐趣，生也沉湎于一片死寂。

烦恼常有，也时时令人清醒、给人警醒，保持生命的足够警惕。烦恼太多，过于警觉和敏感，愁云密集，全无乐趣，生也沉湎于一片死寂。

烦恼的不可控制，是抑郁生成的因子，烦恼的重复叠加，又加剧抑郁的积滞，学会驱逐烦恼，是每个人不可或缺的一种技能。

烦恼无边，能在烦恼的苦海寻找到航行的快乐，寻找到海的魅力之处，寻找到生命的内核，那就是成功的人生。

雾霾渐浓，但它们终究会散去，烦恼经常，但它们毕竟不是我们生活的本义。把烦恼从心里驱逐，如同把雾霾从天空驱赶一样，生命由此焕发真实的乐趣。

光明与黑暗相伴相生，快乐与烦恼如影随形。倘若没有黑暗之托，何来光明的珍贵！同样，如果缺乏烦恼之衬，怎能懂得快乐的不易！

不要期望所有的烦恼都会消失，除非生命已然终止。与各种大小的烦恼纠缠不休，从而又不断感受各种人生，才是生活真实的大写的诗。

观瀑后的思绪

看得到的瀑布飞流直下的一瞬是精美绝伦的。看不到的蓄势待发的过程，其实更见一种沉潜的精神。喧哗的亮相，是惹人注目的，也是漫长岁月中短暂的时光。

只为了这纵身一跃，熬过了几多岁月。只为了这华丽的转身，沉寂的何止是年轮。这一世的修炼，不在乎喷薄飞扬的高贵，而在乎奔放飞溅的光辉。

流淌不息，涓涓汇聚。相携着奔向同一个方向，并且前仆后继。即便共同坠崖，粉身碎骨，也要成就这最美的图画，令世人惊叹遐想。

一身玉白，一声歌叹。形，转瞬已不再，魂，久久不会散。

飞落的时刻，无疑是辉煌的。纷散而去的光阴，谁能知晓还会有无生之妍丽。但只要奔涌向前，就会有美丽的希冀。

溅落于瀑之外的点滴，也许从此结束了奔流的生机，但渗入于岩隙，却哺育催生了绿草缕缕，转化和涅槃，生生不息，正是生命的奇迹！

飞落之后毅然昂首向前的，吾自敬仰。汇聚成潭，澄澈示人的，吾亦感佩。有的选择，并非个人可以主宰，但因集体而推拥，或许悲壮，自有豪迈。

与瀑合影，依瀑而立，你以浅浅的静成为飞瀑的背景。不如注目凝视，让深深的思想之动，与飞瀑相融合一。入心的飞瀑，会让身心懂得沉静。

心灵的依靠

心灵的依靠，比寄身之处更难找到。很多人以为找到了，但很快发现自己的心灵还在漂泊。那依靠如云似雾，只是一种幻觉和梦魇。找不着，似乎更逼近现实的面貌。所以，飘浮心身，仿佛也是众生寂寥。

找不着真依靠，又碰到什么就依靠，所以心如烟雾弥散飘摇。在人世晃荡，目无亮光，也不见方向，终究更多了无边烦恼。

形形色色的依靠里有多少真挚和久长，这不仅需要眼力，更有赖于耐力。匆忙乃至迷失中找到的所谓依靠，往往具有一时的诱惑，但有时也决定了某些人的一生所能飞翔的高度和幸福指数。

　　心灵需要依靠。而眼睛所能看见的有形的事物，一定做不了心灵的依靠。即便暂时可以凭依，也将有声无声地垮掉，心灵如果完全地依靠，必然失去重心，坠入危险之境。

　　心灵的贵贱，往往用依靠标识。许多心灵表现出了庸俗乃至低贱，你从他对有形物质的膜拜就可知晓。这样的心灵，找不着真正的安宁、恬适和微笑。

　　心灵更看重无形的事物，那种被称为精神层面的东西。这种东西，不是用眼睛可以搜索到的，而是需要心灵自身去感应，去寻找。不是一时半刻，有时一生都无法找着。

　　都在自己的心灵之外寻找，这样的依靠，找不到，必然惶惑；找到了，依然惶惑。真正的依靠，是在自己的内心，是自己心灵的感悟，由感悟而生出、而茁壮的自然魂魄。

　　大自然的规律无可动摇。身心与自然融为一体，就是心灵的依靠。无论春夏秋冬，不管活得好活得坏，心灵的脉搏与自然内在相合，就找得到支撑自身的源泉。

　　心灵的依靠，注重的是身、心、灵与自然的融合，无关乎名利等身外之物。大凡心灵的彷徨，皆与名利等身外之物有关。一生一世，也即一草一木，能承载多少那些世俗的物什。

真善美也是大自然的纯粹，心灵对此无限依傍，直至身心灵也由此纯粹，此乃圣人。追求真善美，融入大自然，便是成就圣人之途。

不要凄凄惨惨、寻寻觅觅了，请最大限度地走入大自然，在大自然中冥思深悟，心灵会变得更有力量，愈益坚强！

苦难的堆积是自寻烦恼

苦难的堆积是自寻烦恼。经历的苦难，再沉重和深痛，已成为过往，可以铭记可以升华，却不可时时压迫自己的心房，负荷太重，举步维艰，向前并快乐着，就是无法实现的梦想。

苦并不可怕，可怕的是自身无限放大，先自心灵萎靡，再弯曲了自己的脊梁。

时间之手，会把一些苦难化解，消逝于宇宙，大可不必时时背负着所有的苦难。如此对待苦难，也是辜负了苦难。

不是忘却苦难，让苦难真正有所值，时时背负或唠叨不仅无济于事，而且陷于受伤，生命唯存叹息，岂非悲上加悲？

简单的累积，苦难永是苦难。将苦难转化并提升为一种意志和心力，苦难才不失为苦难。

有的人在苦难中颓废，有的人在苦难中再生；有的人把点点滴滴的人生旅途中的不顺，都叠加融合归结为苦难了，苦难沉重如山；有的人视苦难为磨砺，在苦难中净化，在苦难中涅槃。

曾经的苦难，已经沉淀为一种特质，深埋于心里，融化在血液。未来的苦难，也将为生命所承受，时间所催化，成为新的人格特质。

苦难堆积，毁人勇气。

苦难化解，信念弥坚。一个个苦难，都是超越自我，登临灵魂之巅的一座座山峰，走过苦难，走得坚实，才能走出心灵的昏暗，迎来属于自己的世界。

心存善念

心存善念。不是一时一刻，而是时时刻刻。当任何时候，你对所有人都能够善意相待，善心不变，你就是完全的善人，善也会给予你无限的馈赠和赐予。

是的，连一丝恶念都不能闪现，善念发自肺腑，缘于心底，是因为对这世界至真至诚，是慈悲为怀，佛心已然生根。

善念也是对自我身心的护养和滋润。心存善念，是永葆一种温暖和积极的心态，由此培育的因子是抵御不良不真侵犯的绝地勇士。

善念不是一闪之念，它是种子，但比种子的迸发更迅捷。它也是催化剂，但比催化剂更神奇。它有吟啸之海浪的力量，它也有进入人心的无声的气场。

爱是善念的魂灵。深沉无私之爱，让善念一如清澈的溪水流淌，又润泽了土地，土地才又滋生万物，以此回馈爱的阳光。

确乎如此，善念是爱的循环。它初始的萌芽看似弱小，但它的力量不可阻拦。善善相连，爱与爱也因此相生相伴，世界才会在今天令人有如此诸多的迷恋。

责怪别人，不如反省自身。怨艾世界，何妨先改变周边。改变也就是改善，善念是改变的泉源。将心中之善给予别人，给予这世界，你在给予中就会感觉善的愉悦。

担心善招恶报，是许多人的深忧。其实善念也不是养虎为患，它同样具有防卫和抵御的能力，它与恶念背道而驰，是因为它本就是阳光的、正义的化身。

积　善

　　积善，是每天的功课。无论年龄几许，学历何种，成就有无，阅历多少……都得用心去积善，天天努力，月月不懈，才能铸就功德，延续正果。

　　善少善多，皆为善，善大善小，都是善。善在心中，更在行动。小善抵不了小恶，大善也御不了大恶。无善即近恶，有恶善亦伤。每天习善，恶难滋长。

　　怜悯是善由心生。无怜悯之心的人是乏善可陈的。由怜悯进而救助，是真善之举。无怜悯而行善，或出于无奈或有沽名之嫌。

有善心而无善举，是善的软弱、善的苍白。而无论有无善心，有善举即为善事，言语可以肯定，人心应该有所记载。

心地仁爱，品质淳厚是为善。如此，善更需培育，更需维护，更需关怀和尊崇。日晨月夕，风雨四季，善在每一天，善也在时光中积累和磨炼。

一举之善是一举，一时之善是一时。而每一天都善心不缺，善举不断，日积月累，善成习性，善蔚成风，善莫大焉。

善如大地之沃土，滋生万物。善生孝，善生礼，善才懂敬畏，才知感恩。

不与无善之人走近，也不与假善而行私欲之人合作。善拒绝蝇营狗苟，善崇尚光明正直。

善在白日，善更在黑夜。善要面对大众，善亦不避小人。善是白日灿烂阳光，也是黑夜朗朗月色。

积善，就得想穿想明白，积善，必须看清看遥远。什么都可能变，善不可摇撼。善是人间博爱，与天地同在！

人可以做不成什么大事，但不可以不保有善心和善举，就如一生成就不了大业，但不可以缺乏善良一样。人生的一种重要意义是行善，成功的一种特别内涵叫积德。

积　善

坚持你的初心最爱

我不是说爱情，也不是指与人的感情。在爱情、亲情、友情之外，你曾经最初热爱的事物，某一天你在人间再痛苦的时候，她都会回来，给予你最大的安慰和温馨的祝福。她从未离开，在你在乎她的时候，她更对你在乎。你最初的爱好，就是对人间的初恋。这是永远不可磨灭的衷情，她一定在你生命中回来。不会消逝，你不等待，她也会再来，因为你心中从来都在对她呼唤。

不管是画，是音乐，还是文学，包括陈景润、霍金一类对世界最初的感觉，都是真正对这天地的初恋，孰能相比？

别以为你功成名就必然圆满，别以为你腰缠万贯就自得其乐。如果，你都无法接纳无法拥有你的初爱，这缺憾就是最大的遗憾！

连懵懂年岁的小小的梦也不想、也不能努力地去够一够，你还留下多少纯粹，多少欢快，多少真诚和梦幻，伴随你永远的未来？

我无限宽容：你可以为生存，为名誉，为财富，付出你所有的最珍贵的岁月。但你从未给自己童年或者少年的初爱留下一些时光，你自己都不会宽恕自己。

最初的，也是最纯真的。她是对世界最初的渴望，也是对自身最先的希冀。无论如何，她是你曾经最向往的梦境。

完全的倾心的爱好，在人生中不可或缺。她是美丽梦想中永远的花影，是岁月沧桑之后唯一可以保持神秘憧憬和永远自豪的一种纯。

灵魂之真美

一个注重情怀的人，远比只关心自己利益的人更拥有天地。想明白，你也许固守的，最多叫作抱残守缺。

残缺的世界并不可怕，它总有可以让心灵栖息之处，可怕的是自己灵魂的残缺，它让你的心灵无法安顿。

熙来攘往，很多人心中不乏世俗的名利。他们值得怜悯但不应该受到彻底的鄙弃。只有那些唯名利是求、毫不珍视真情，或利用别人的真情来满足私欲的人，是可悲可恨的，因为他们的灵魂是残缺的。

灵魂的残缺，或许不像面貌乃至五官的缺损容易令人看清，但你可以与他在深度的或长久的接触中辨识。所以，一时被迷惑或者受欺骗不是罪。但执迷不悟便是大错。或许你自己的灵魂本就缺损。

灵魂残缺的人或许更注重言辞和外貌。他总是高估自己，总想驾驭别人，总以为是别人负己。他极少扪心自问，因为他缺乏直视自己灵魂的勇气。倘若他拥有这样的勇气，懂得幡然悔悟，迷途知返，那么他的灵魂还可修补。

把握不住生命的脉络，也就把握不住人生真正的路。跌跌撞撞、左右摇摆，半信半疑，患得患失，最后以无视别人的挚诚而随心所欲。这是灵魂残缺的标志。

宁吃一点小亏，也要去感知人间的真实。宁弃一些既得，也要去深获可贵的未知。这是灵魂完善之必需。而那些灵魂残缺不全者对此是望而生畏的，所以终究残缺。

发现自己灵魂的残缺是何等重要，而敢于面对，自我赎救，更是可贵。那些一生在不断发现、不断改造自己的，几近圣人。至于那些妄自菲薄、不知天地所以然的井底之蛙，你无法叫醒。

每天想想自己，也想想别人。不可一味索取，更勿遗恨于人。努力助人为乐，乃至付出炽热的心血却一无所求也可。这是对心灵残缺的反叛，是灵魂之真美。

每天我们要以思想之经纬编织的网格筛查自己的灵魂。扬弃的是狭隘的私人之欲，廓清的是自己本真的心境。我绝不认为自己早已尽善尽美，但我尽心竭力在抵御自己可能发生的灵魂的残缺。

灵魂的残缺可以用世俗的获得麻醉一阵子，但心灵的深痛却相随一辈子。

再面容姣好，再腰缠万贯，倘若灵魂是残缺的，快乐也是昙花一现。

告别，是为了崭新的迎接

又一年的时光飞逝而去。此刻我面向往昔，静思伫立，岁月的碎片一如星光闪烁，亦似叶片飞旋飘掠。万端心绪，都归结于一种冷静的检视和思虑。然后，深鞠一躬，告别已成过去的这一年。它匆匆来去，却是无法忘记。

深鞠一躬，是一种发自肺腑的感恩，感恩这一年的时光继续承载着我的人生，也让我感受人到中年的滋味，生命途中的又一番深刻的体悟。时光托举着我，让昨天由鲜活变成古老，由短暂化为永恒。这一年时光的洗礼，让我为走进下一年的时光，准备了从容沉稳的心地。

深鞠一躬，也是表达一种遗憾和歉意。曾经惜时如金，曾经分秒必争，曾经废寝忘食，曾经把自己忘记。但也有懈怠的片刻，迷惘的时段，疲累的身子也怠慢了大好时光，只聚神去经受风雨了，而轻易就疏忽了对雨后彩虹的品赏。

深鞠一躬，更是一种难舍难分的情意。这一年，又给了我生命的许多平常，也赐予我人生新的第一。无论是华彩乐章，还是低回平缓或者循环往复的曲段，对冶炼过自己生命的时光，只有再一次的敬畏，敬畏是对大自然的追崇，是对生命奇迹的服膺。

深鞠一躬，是作一次无言然而深挚的告别，即便再留恋，再抱憾，再蠢蠢欲动，甚至再想重来，也必须作出毅然而然的了断，作出概括而不容辩驳的总结，无悔无怨，在新年钟声敲响之际，平静转身，心想未来。

告别，是人生的经常性的典礼，有时简单有时隆重，谁又能视若无睹，自如地避免？一站又一站，一年又一年，春夏秋冬，日日月月，看似轮回，总有差别。好坏也好，苦乐也罢，淡然的心态，是告别的云彩。

轻轻地你来了，轻轻地你又离开。是你辜负了我，还是我辜负了你？这样的追问，于时光而言，只有深度而无尽的缄默，而于人之内心，总有几分自省，一个完美主义者，更多自责。辜负时光的自责，只有化为对自身的鞭策，告别当是转化的开端。

过去已然过去，未来不请自来。再评判，过去已铁板钉钉，无法更改。再犹豫，未来已扑面而至，面对，并且笑对，是智者选择的必然。转身，不是对过去的背叛，而是一种理性的对待，告别，也不是对过去的决绝，而是一种对曾经的呵护安妥。

告别了，2015。告别了，这一年的哀乐喜怒。告别，是为了更实实在在地生活，告别，是为了崭新地迎接。对于别无所求而又不失对生命之爱的我们，不会好高骛远，也不会处处抱怨，随时光前行，于前行中创造，是责任，也是使命。

人生的奇迹

　　轻贱也好，自重也罢，人生百年是奇迹。富贵贫贱都依托于这短暂百年，也挣脱不了这百年的验检。

　　奇迹的绽放，自然缘于必然，更出自偶然。认识奇迹，才会珍惜奇迹，用百年去倾心在意。每一棵草都可以葳 蕤，每一朵花都理应艳丽，因为生命都只有一次，作为天下的灵物，人生又岂可萎靡颓丧！

　　生命弥足珍贵，百年何其倏忽。我理解及时行乐的人生，我更推崇奉献和慈善中获取至真至乐的追求。有的人只是视人生为一次单向的旅程，我视人生是天赋重任，不在位之卑尊，在于给这天地创造多少，无论是物质还是精神。

不都是鲲鹏展翅或鸿鹄之志的伟业，丑陋的卡西莫也在巴黎圣母院，敲响了流芳千古的心灵美的钟声。弱女玛祖的善小而为，令多少后代景仰至今。

时间一样百年，质地却并不相同。有的人是人，行进百年，人生感受或者获得，仅留步于感官，而有的是在拓宽眼界，看清世界，心神步入了少人的境界，创造了心灵的奇迹一般的神界。

未经世面，不识艰难，便断定寻找不到心的境界。追随平常，甘于平庸，是心灵的通病，注定与奇迹的创造无缘。

太多的时间消磨于现代的酬酢之中，是人之大悲大哀。有的人则把时间调配从容，最璀璨的奇迹总是诞生于宁静沉潜之中。

百年过客，不可来去匆匆，空手来，空手走。留一点你独特的精神财富给后人，带一点创造的快乐颖悟伴永生。来过，走过，创造过，这就是奇迹般的人生。

奇迹的人生创造奇迹，这是生命最隆重最尊贵的寄予。感受到奇迹的人才可能有创造奇迹的激情。那些甘于平庸、耽于盲从生活的人，是无法品味奇迹于人的珍贵和特别意义的。

好好生活，不走歪路，也寄寓了人生的奇迹。出类拔萃，成就斐然，也是奇迹在人生的奔放。把握好人生，让人生一如航标灯般拥有定力，这何曾不是奇迹？

创造属于你自己的奇迹，不是天方夜谭。只要你认识生命的意义，看清生命的力量，剥去自卑的脆衣，踏实自己的步子，坚定执着地走下去，生命的奇迹必在远方等待着你。

真诚的张力

在浮躁、逐利的社会，真诚在某些人眼里也许一文不值，但真诚的价值和力量实际是不可估量的。它有时薄如纸片，但它终究坚韧有力；甚至犹如一把剑刃，将虚伪和狡诈削成碎泥。

有时不敢亮出真诚，是因为害怕心灵受到伤害。在虚伪和狡诈风行的时候，真诚的显露，会被狂风吹翻、嘲弄，甚至撕毁。真诚有时会显出势单力薄的一面。但相信真诚的力

真诚的张力

量是内在的、执着的、持久的，并且具有突破力。

真诚的付出，也许暂时受挫，但它的效应会在多少年之后发酵。它会以一种似曾相识的形象和力量，撼动情怀和心灵。

吝啬真诚的人，是无法体味和享受那一种付出的幸福的。他以为只要不付出真诚，就不会受到伤害，实质上，他已然被自己缺乏真诚所贬损。

真诚是不容回避的情愫。你想隐瞒抑或躲避，也只能是一厢情愿。你可以虚伪或者狡诈，但在夜深人静或者独自思想时，你无法欺骗自己，除非你真的丧尽天良。

面对真诚，我们唯有挤出自己的真诚。真诚最纯洁，你玷污一次，必将遗恨一世。真诚也最坦白，你表达一次，赛过万语千言。

无数次真诚的受伤，也许让你心灰意冷。但我要说，此时更需要保持热情，保持真诚，因为真诚会回馈你无限真诚。

真的，不要泄气。真诚也许不可能催生每一颗种子，也许不可能打动每一颗心灵，但真诚必会结果，你会赢得对你的灿烂微笑。

真诚诚可贵。坚持真诚，真诚会绽放奇异的鲜花。那是自然纯真的美和净洁纯美的香。

真诚的张力，具有阳光的特质，阳光在无声无息之间融化冰封的土地，而它则在悄然缄默中，复苏沉睡甚至冷淡的心灵。

真诚张力的极致，是赢得真诚，那也是真诚的相会和叠加，此时此刻，一切皆美，月光皎白，找不见一丝阴云的惆怅。

情绪的滥觞

　　情绪影响着人生。无论是巨大还是细小，情绪息息相关于你的生活品质、工作状态、周遭关系和事业顺逆。

　　如果你连自己的情绪都控制不了，又怎能容得下别人的心地，做大自己的格局，把握团队态势和驾驭正道的方向和大局！

　　带着情绪去言语和行动，哪怕是细小的表现和作为，都必然要付出数倍乃至数十倍的代价去挽回，倘若处于关键时刻、重要环节，也许只能留下难以消弭甚至终身的愧悔。人是情绪的动物，但不可成为情绪的奴隶。成熟的标志和理智的心态，往往就取决于对自我情绪的控制。如果一任情绪泛滥，你的人生就注定飘荡不定，声名不佳，快乐有碍。

谁都难免有情绪，但把情绪阻隔封闭在一个自己可以把控的时空段，或者把情绪迅速转化为正能量，此乃大智大慧，受益无穷。

多变易躁的情绪，折射出修养的匮乏和人格的自我贬低，是性情的俗戾之气和与恬静和沉稳格格不入的生命陋习。

情绪不因外力而骤变，也不为内心而跌宕。情绪可以失落，但不可持久，更不应外露展现。情绪可以激昂，却不可说无就无，折腾了自己，只成为一丝彗星之闪烁。

情绪的一时失控，能将多年煎熬之功毁于一旦，也能将一世功名丧失殆尽。情绪的放纵，能将昨日艰辛塑造的形象大为损害，也能使今日凝聚的友情分崩离析。因为情绪发泄之至，便是信赖丢弃之时。

大凡那些大事竟成者大都沉静温和，不是他们不会滋生情绪，而是他们更善于克制乃至化解情绪，他们在情绪的奔突冲撞中，已然淡定从容，犹如山顶上风吹雨打却依然咬定山心的青松。

走出情绪的泥淖，摆脱情绪的桎梏。活出真正的人样来，不枉人世走一遭，就得扼住情绪之七寸，不让它魔法肆虐，翻手为雨，覆手为云，在它的受制中，让身心真正理性地游走。

灰暗的情绪需要用积极的人生观、恒久的定力和坚毅的耐心去驱逐，身心的飞翔才能从容对路。

切记，没有人能轻易击毁了你的全部，但你情绪的泛滥，一定会摧残自己的人生。

宽阔的胸襟

胸襟不仅仅是包涵别人的，也是宽容自己的。

胸襟与视野不无关联：有视野就会有胸襟，目光短浅者不会具备海一般的胸怀。

没有胸襟的人，不只是自己缺乏宽阔的胸襟，也无法理解别人拥有宽阔的胸襟。

走不出窄小的天地，关系腿力，更关系胸襟。

大智大慧者必是具备胸襟者。那些自以为是的人，也是胸襟狭隘者。

即便你匮乏能力，也不可缺少胸怀。虚怀若谷，终能集腋成裘，厚德载物。缺少了胸怀，你就缺少拥有一切的宽阔的平台。

海阔凭鱼跃，天高任鸟飞。有胸襟，就能行走千里。所以羡慕驰骋大地的健行者，先得认识他的胸怀。

胸怀确定人格，那些颐指气使时常指责别人毫无胸怀的人，其实最缺乏胸怀。

拥有宽阔胸怀者，往往会以缄默笑对眼前的狂妄和无知。他无需用言语表态，他能坦然地面对，就是一种胸怀的呈现。

不与心胸狭窄者为伍，要想明白，你容得了他，他未必容得了你。

具有宽大胸怀的人，可以自己的人格魅力感化心胸狭窄的人，但我得实话实说，这样的人不可能感动这世界上所有的小人。

人间最美好的事，莫过于你碰到的大多是心胸开阔的人。

在梦想与现实之间等距

不痴梦想，不厌现实，是与世界和善相处，是对自己和蔼以待。

梦想不仅属于金黄色的童年，也属于人生的每一个季节。对梦想痴恋是年轻时的标签，成熟的日子，梦想不可或缺，亦不可心旌摇荡，神志疯癫。

在梦想与现实之间等距，是心态成熟的处世哲学。出入梦想无甚羁绊，置身现实也清明坦然。

恋过则痴，厌过则恶。能将梦想与现实安妥到位，就是让身心拥有非凡定力，不易迷醉。在梦想与现实中搭建一座自由通畅的桥梁，只要有一段时光，可以不在每天，但应该在每周、每旬、每月和每个季节都驰骋奔放。

耽于梦幻，心必虚幻。沦于现实，人若行尸。

在现实中要有憧憬梦想，在梦想中要立足现实。梦想是现实的翅翼，现实是梦想的土地。

任何时候，对梦想不忘不弃，也不恋不醉，对现实也不卑不亢，不傲不畏，做到这一时一刻并不困难，坚持一生实在可贵。

发现自己的潜质

有多少人的潜质如同山地里的嫩苗被忘却、被遗弃甚至被埋没。你可以责怪天地不公，但你是否也反省过也许自身责任也不小？

发现自己的潜质并且不懈努力去发掘、展示自己潜质的人，才是成功之士。而能发现你的潜质，并且帮你成才、不断挖掘你的潜质的人，应是你一生铭记的可贵之士。

缺乏潜质的人是可怜的。缺乏发现自己具有潜质的人是可悲的。而缺乏让自己的潜质充分发掘的人更是可怜又可悲，因为这无异于在扼杀自己的未来。

潜质是可能赢取未来的必需，所以，培养并发掘自己的潜质是十分必需的。

潜质多潜滋暗长于善学颖悟之心，而与愚顽守旧之人往往无缘。潜质是闪光的玉坯，还在暗流中打磨。

遗落的潜质万万千千，既因世上少慧眼，也因人心缺乏自觉。倘若真情也滥觞，唯留哀叹和长怨。

玉讲缘，潜质的发掘，也有缘。缘有万千种，知音知己诚可贵。用心去感知、用心去培育、用心去扶持、用心去爱惜，则是缘之魂。

一个从不在乎你潜质的人，一定很现实，他看重的只是你的现在，而不在乎你的未来和你的期待。

太现实，让生活变得生硬甚至冷酷，也浮泛粗俗。它未能明察秋毫般敏感并发掘生活中的潜质，也就失去了那种人应有的精神愉悦。

所有的潜质中，我看到了善良正直勇敢和奉献的闪光，我便确信这生命是可信也是绝对可期待的。

发掘别人和自身的潜质，一定是最快乐的事，但并非所有的人都认识，也并非所有的人能握持。

你就这一生

别把所有的期盼都留给说不清的未来，你就这一生，过去了，就不再回来!

没有机会让你重来，时间也不会对你独自怜爱。对每个人来说，上帝给了大家同样的赐予：你就这一生。

如果你还不明白"你就这一生"的含义，我只能深表遗憾：你还混沌未开。

你不要只是对人家妄加评论，你就这一生，应该拥有自己独特的旅程。

你也许每一天都是充实的，但时间是被现实茫然又匆匆地牵引，还是梦想和计划牵引着时间，这是值得思量和抉择的问题，因为你就这一生。

事业跌宕起落，心情激荡浮沉，皆是生命的常态，只是自己不要迷失了心中的航灯。你就这一生，承受不了多少折腾。

做什么事，我们都得付出生之光阴，即便你在迟疑，你正荒废，你已然错误，你都已支出了这宝贵的代价。你就这一生，你始终应该避免将这年华投掷在迟疑、荒废和错误之上。

不要寻找任何借口，包括为自己的拖延、慵懒、懦弱以及错失机缘寻找借口。你就这一生，造物主不会容你任何借口，让你重来。

你就这一生，如果只是用来等待，或许守株等不到一只兔。

你这一生，也许就只是一棵树，再努力也只能开一种花，但还是要努力，激情进溅，让这棵树花团锦簇，鲜艳夺目。

人就这一生，应该是可以移动的树，遍游四方，大踏阔步，而不可囿于一土。但在移步之处，都能沉得下，并高举鲜艳的花束。

寻觅港湾的心灵

　　寻觅港湾的心灵，每个人都拥有，但每个人的期冀都未必一致。这是心灵的丰富，也是港湾的多彩。

　　倘若把心喻为舟，那么港湾就是舟寻寻觅觅之必需。缺乏港湾的舟，一定是漂泊孤零的。它即使不是遍体鳞伤，也难免内中沧桑。

　　寻找令心灵舒坦的港湾，从来艰难。即便寻找到，依偎过，又有多少能长久。一时片刻的依靠，终究被风吹浪打去，于是寻找连着寻找，期望也是一浪接着一浪。

一个人的一生都在寻找港湾。年幼时母亲的怀抱，长大时恋人的肩膀，职场上温暖的团队，难堪时理解的目光……港湾有千种百样，但其特质就是安全、温馨，一如包容你的阳光。

今天你心所依的港湾，可能明天就会变了模样。比如父母仙逝，比如爱人移情，比如误解甚至伤害如暴风骤起，比如你的心神早已想挣脱这个小小的天地……不管是哪一种因素，港湾的变奏，总是贯穿于人生的总乐章，有的舒缓如溪，有的跌宕似瀑。

一个不能够令你生活、事业融洽并全身予以庇护的港湾，总是隐藏着危机。危机的爆发，总会在风暴来临抑或某种彻悟的突变下发生。发生，就是一场心灵的灾难。

视摇篮为港湾的是雏子的心态，视风花雪月为港湾的是情痴的世界，视万贯家产为港湾的是财迷的襟怀。视自己一亩三分地或者狭隘心地为港湾的，是无知和卑怯者的悲哀。

丢失了的港湾，也许并非属于你的港湾，擦肩而过的港湾，也许是你苦苦寻觅的港湾。爱怨相缠的港湾，也许是你一时的港湾，而属于你的港湾，也许还会出现在你明天的视野。

不懂得港湾真正意义的人，是寻找不到港湾的。

港湾与你也会互变。昨天，父母是你幼年的港湾，明天，你是父母暮年的港湾，你与家人互为港湾。你也可能还在寻找另外的港湾，亲情、友情、爱情都需要依赖，港湾也就必然不可或缺。

所有的港湾，能让心灵安顿的，才是心灵最可恒久的天堂，而这天堂应该不在身体之外。它在你自己的心里，一种信仰的定力，也是心灵高贵的透悟，与天地长存，与自然相偎。

回复初心

　　多少初心，一如平静的湖面，被世风之手揉皱弄乱。还吹来雾霾尘埃，迷混了净洁。初心本色已经不再，失落的纯真难以回还。

　　初心的疼痛是长久而且深刻的。它许多时候，在你奔波忙碌的岁月，不为你知觉，知觉了有时也淡淡浅浅，然而当你获取了安宁的时光，或者现实触碰了这深蕴的心结，疼痛就会重现，并且放大扩散，令人魂不守舍，长吁短叹。

初心的印记又是时光难以磨灭的，以为可以忘却，其实追随一生；以为彻底消失，其实随时闪现。即便是在雾霾满天、尘埃飞卷，那初心也在内心深处雪藏着，保不定在某个温暖的季节，爆出新枝绿叶。

回复初心，就是重新爆芽，芽虽不是当初的那一片，却同样出自于那纯净的心地，同样的嫩绿和充满希冀。而且经历了雪雨风霜，更拥有一种力量和生命的顽强。

回复初心，不是简单的回返。天真的回归也从来是一种神话。只要还有一份与世无争的情怀，一种与名与利无关的境界，初心的回复就意味深长。

能够回复初心，这是一种福分和造化，也是基于对人生的彻悟和自我舍弃的选择。回复的渴望一旦成为生命的信仰，初心也就等同于天堂。

人生不是游戏可以重来

人生不是游戏可以重来。很多人视人生为游戏，也以游戏的心态和作派活动于世间。这不仅包括已然不善之人，也包括那些依然心存善念之人。

游戏会获得暂时的快感和收获，这种快感和收获也催生了心灵的麻木和沉醉，以至于将全部生命投入于这醉的陷阱，行尸走肉了一生。

这游戏的规则毫无规律，也更无一丝节操和人性，它貌似人面，其实兽性之至，不为常人把握，更令善人不可预料和捉摸。

游戏便是游走于不恭不良之边锋，随时都有被伤害被唾弃的危险。即便不想伤人，也难免伤己的可能。

自以为在游戏中能够保全自己的人，很可笑也很可怜。在人生的游戏中从来没有常胜将军，人心叵测。人心猛于虎。古人早已洞察了这一切，今人还是前赴后继，也是这类游戏得以继续绵延的推动力。

游戏便不会真诚，真诚在游戏中只属于愚蠢。愚蠢令真诚一文不值，也令游戏者更虚伪不尽，愚蠢之至。

游戏的本质是娱乐，是玩弄，是随心所欲的放纵。这里没有礼节，更缺乏尊重。当行为中已显露出这些特质，就可毫不犹豫地识破这种游戏的真身。

游戏可以避开，人生应该认真。我们已然失去了许多作为完整人格之人的展现机会，那么不能再丢失了自己的心灵的安然，真谛的寻觅，还有大写之人的尊贵。让游戏只在娱乐的频道里留存，而在人生的天地里消退。

什么叫真感恩

什么叫真感恩？那个有恩于你的人，某一天错打了你一巴掌，还贻误你好久，你还只铭记当年的恩，不管风言风语，无论怨有多少，这才是真正的感恩！

只记得别人的怨怼，却忘了别人的真诚爱抚，那也是不懂真感恩的人。

说感恩的人愈来愈多，但真正实践感恩的人并不见多。这并不奇怪，因为容易的是说，而不是做。

自以为懂得感恩的人，并非真正懂得，他其实把感恩大大贬值了，视感恩如同司空见惯的感谢。

　　很多大说特说感恩的人，实际上是在推销自己，他是想借此获取更多那些值得感恩者的无价馈赠。

　　感恩就应付出全部的真心，别把感恩也随意贱卖了，否则，你留下的必是伤悲和空虚。

　　当你不再有所奢求时，再说感恩吧；当你捧出全部的真心时，再道感恩吧，否则感恩会为你羞愧。

　　感恩者会得到更多的恩泽。

直视的选择

生就一对瞳仁就是为了对这世界更好地认知。直视是认知的起始，也是深悟获得的一种路子。直视，应该具有一种穿透力，穿过坚硬、迷幻、直抵事物的内核和本质。

直视，就是无畏地直面、逼视和坚定地蔑视，所有的虚幻、痛苦和无知，都会在目光和心灵的直视中，颤栗不止。失去了直视的锐气，是匮乏了一种定力，是弃落了一种武器，从此步步怯懦，自我陷入困境。

直视自己，是最需要勇气的，直视到自身的疼痛之至，直视到从痛苦中昂然崛起，从此练就不败不馁之身，方是直视的极致。

然而对己身心的直视是美德，对他人(自然不是敌人)直视，拥有宽容之心，更是美德。美德有无，在你的直视中也会显示。

有的直视，是需要避免的，比如对太阳的直视，那会伤了自己。也有的直视，比如白云苍狗，还需要借助自己的想象力，才会更有美学价值。

人性的阴面

　　人性的阴暗，若似一条小虫般蠢蠢欲动，就有可能造成自身心灵的裂缝；若一任其肆意汹涌，势必成为翻江倒海之恶龙，害己也害他人，贻害无穷。

　　一念之阴郁，可以由理智和善良来抑制。倘若理智匮乏，善良也缺失，人性的阴暗必会由点迅速扩展成覆盖了心灵之面，最终会把自己吞噬。

　　贪欲是人性的阴面之源。由人性的阴面生长出的事物，再繁茂猖獗，也是与自然相悖的。那种畸形和毒素，有时也是具有极大的蛊惑力和欺骗性的。

错把人性的阴面视为自然的天性，是对人类和自然的本质的曲解。人性阴面的存在，不能替代，代表人类和自然内核的阳面。

对于人性的阴面，应该正视，但不可受其牵制。面对之，即便胸无大志，也可以博大之情怀，去摆脱、超越、转化甚至扬弃，从而使人性的阳面愈加完全和坚挺。

表面的微笑并不能遮掩内心浮泛的人性的阴面。阳光的心态才能释放真正灿烂的笑容，并驱逐人性阴面的笼罩。毫无疑问，人性的阴面可以使你窃取一时之快，但它不会长久，更远离纯净，也难以拥有人性之阳面所带来的快乐、温度和至纯。

也毋庸惊惧人性的阴面，只要打开心灵之窗，让纯洁、明朗的阳光透彻心扉，人性的阳面就会回归。邪不压正，但必须有所抉择，有所作为。

助人者，足够富有

若你多给别人一缕微笑、一点支持、一种宽容，你就会发现生命会比原先多一些快乐和生动。

能够支持帮助别人，是一种福分，也会有诸多快乐，但若在支持帮助别人之后，总是期盼别人有所回报，那必会增添烦恼和失落。

不要对陌生人吝啬你的微笑和帮助，他们的天地，其实是我们最容易忽视的世界。

你借以帮助支持别人的机会和能力，是老天对你的恩赐，你要做的，就是好好把持。

不要依赖别人对自己的帮助，但不可匮乏别人对自己的帮助；不要记挂自己对别人的帮助，但也不可吝惜自己对别人的帮助。

授人玫瑰，手余清香，代人传递玫瑰，也会留有芬芳。

每个人都需要帮助支持，对强者的支持，往往是锦上添花，而对弱者的帮助，一如雪中送炭。大凡前者在社会利益上找到必要，后者则在人性层面获得必需。

对道义上的事，必须鼎力相助，涉及情面上的事，宜量力而行。

帮衬也切忌盲目。对霸道者的支持，容易沦为助纣为虐，而对不良心计者的帮助，也会陷于不仁不义之地。

帮助，不求任何回报，但那鲜花和结果，也许会亮现于你生命的某个角落。

你若有力量，你或者彷徨，都请向弱者施以援手，你会找到方向，并能汲取更大力量。

世人皆为凡人，但能长期公而忘私地助人，就是凡人中的仙人。

在助人中找到乐趣，也许冒一点傻气，但更多勃勃之生气。

能助人者，未必就是强者，但在精神上已足够富有。

对人给予帮助和支持，千万别高抬为恩赐。而受人帮助和支持，得常怀感恩情义。

在关键时刻，错失了助人或受人相助，乃是人生大憾。

帮了一点，就无限夸耀，这等同于在拉了别人一把后，又推了别人一把。

帮助别人，一旦说出了口，就得一诺千金，不可让自己打了自己折扣。

失衡必然失态

　　心态失衡，你就输了，如同军心不稳，阵营难免大乱。自己的心态都把持不住了，言行的错误已不可避免了。

　　失衡必然失态，失态终究留憾。失衡愈烈，失态愈剧，失衡愈长，失态影响愈大。

　　失衡是自我失守，是内在的颓败；是定力的缺失，信念的脆弱；是正向对手展露的软肋，是消蚀自己理智的坑穴。

　　内心失衡，看待周遭的眼光也必倾斜，评判别人和自我的心秤也自然紊乱。自我怜爱和自我膨胀相伴相生，对他人的恼怒和憎恨也无所遏止地飙升。

其实任何时候，世界都不欠你的。你唯有对天地心存感恩。你的失衡是一种私欲的患得患失，是个人利己的思想正在作祟。

你的内心失衡，自我汹涌，却未必有人发自内心地赞成，也不会有坦诚明白之人对你真心地支撑。也许会博得一丝同情，但你的失衡失态，更多的是对你形象的大损。

没有绝对的公平，世界也不会只以你为中心。阴晴圆缺，短长冷暖，不受你左右。跌宕起伏，顺逆得失，又岂是你自己能够把握？你能把握的是自己的内心和言行，偏偏你失措了，模糊了自己的视线，也模糊了前行的路。

失衡让你找不着正确的路，反而让自己迷失，心里愈加添堵。也许该轮到你的福祉也被疏漏了，祥瑞也绕道而走。你以内心失衡在验证一种说法，叫作自毁前程。

亲者痛，仇者快。失衡不仅让对手得意，你的失态还可能有意无意在伤害本来对你支持的人们。你若深知这一切，还会放任内心失衡，进而言行失态？

失衡，失态，也必失去人心。万里长堤，往往也溃于这小小的一穴。

所以首先要把握自己的心态。任何时候，都要保持心态的平和。电闪雷鸣，暴风骤雨，都不让心生一丝紊乱，能把自己的心态始终把握住，就终究能找到自己的路。

　　风和日丽，在于内心的宁静。风调雨顺在于自我的平衡。超越自我，走出狭隘，让心胸更宽广开阔，道路坎坷也无畏，天地更和美。

愧疚是良心的一番发现

愧疚是良心的一番发现，是真诚的一种标签，是心情的一类状态，是人性独具的自觉。

愧疚可能是无法弥补的缺憾，也可以是崭新或者美好生活的开端。愧疚可能是一生背负的重荷，也可以是走上身心轻盈之路的桥坡。

有的人常常愧疚，于愧疚中反思，于愧疚中追悔，于愧疚中弥补，于愧疚中找回人之本真。

有的人从无愧疚，仿佛一切都心安理得，仿佛愧疚只属于别人，甚或只有别人愧疚于自己。囿于这种心态，久而久之，这样的人总觉得世界都亏负了自己，傲然、恼然、愤然。

　　愧疚于是也愧疚得嗫嗫嚅嚅，或者大气都不敢出，生怕对其人愧疚愈重。愧疚人中于是不乏自责者，此乃原因之一。

　　从无愧疚之人是否能够懂得愧疚，难以占卜。不过，有时生活的猛然一击，会令人幡然省悟。只是有的可能从此回归，而有的或许已到人生终极，此生难追。

　　也有选择性的愧疚，比如对父母、对家人热爱无比，愧疚时时；而对他人，就毫无愧疚之心。此还算残留了一点人性，虽未免狭隘，也许有救；只怕连这点丢失了，是他以及周边人的悲哀。

　　有的愧疚只是一闪之念，有的愧疚只是嘴上说说，有的愧疚弱于责怪，有的愧疚发生于再次求助之间……这样的愧疚，有等于无，甚至有害，害人害己。

　　有愧疚之人，将愧疚转化为行动，升华为责任；无愧疚之人，有时也将愧疚作为幌子。殊不知，言不由衷的愧疚，其实正酿就更大的愧疚。

但我总以为：一个毫无愧疚之心的人，实际并未做过真正的人，也不会懂得真正的人生。

愧疚生于心，必须用心！人生少一点或者无大的愧疚，也必须用心！

势利眼之人

　　我最看不起的是那些势利眼的人，他视粪土为金，因为在他眼里，粪土比任何人更高贵，因为粪土令他满足！

　　势利眼的人一定具备两个最显著的特征：看到自己虽然可怜却可以用来交换的资本，也看到别人为其所用的特权。

　　一个注重情怀的人，远比只关心自己利益的人更拥有天地。想明白，你也许固守的，最多叫作抱残守缺。

　　我从不与小人多言，见势利眼也退避三舍。我什么都不图，只是不想被势利玷污。

尊重你也许只是你的身份，鄙视你一定是你势利的人格。

你的势利，毋庸我惩罚，你身边人乃至亲友都会惩罚。

有一点所谓权势的人，最容易势利，有一点势利的人，最在乎权势，也最容易失去权势。

真正势利的往往不是大人，而是小人。

小人再长大，也是小人，因为他的势利，本是小人的基因。

如果你因为你的势利而得到，而高兴，你必有一天会失落，会悒郁。

文化的差异

现代人的差异，核心是文化差异，但文化在现实中遭遇了太多的碰撞、融合，所以，具体到人，成年的人，已难找到最原始的清晰。

有文化的，并不一定就是高尚者，那些斯文扫地的人，往往都以文化遮羞，最后，羞上加羞。

当年很多人以大老粗为荣，那是时代的悲哀，现在不少人有了文化没修养，那是文明的悲哀。别说你有文化，你得

文化的差异

先说人话。

有些话总是不忍说出口，有的地方你一旦开放，它就失去了原有生态，而有的人即便有点文化，也未必真正开化。

在这个文明的时代，我们又怀恋既往的生态，我们如此纠结着，也让时下的文化陷入了一种徘徊。

在一个年代，却像远隔几个朝代，文化的差异，深入在每个人的血脉。

原来你和我竟然这么远，因为文化的迥异，我们在同一时代，却相距千年。

心静如止水

倘若心态处于失衡状态，这世界也必定倾斜。

在名利场上可以输得惨烈，但绝不应该输了良好的心态。

若能把握好心态，就能在波诡云谲的生活风浪中，不迷离航线。

你若要让生活美好，一定得端正自己的心态。否则美好的事物在你面前，也未必让你入眼。

我们总想改变外在的世界，可是即便通过努力，有所改观了，我们往往还是感觉不到愉悦，这一切，毫无疑问，缘于我们的心态。

心如一碗水，自身不平必会波起、激溅或溢流，所以，静下心来，把握好心态，才能让自己不晃悠。

心静如止水，因为心中自有大志。

清理自己的内心，及时剪除蔓草杂叶，让心地恒生一种自信的昂扬，而不随风晃荡。

呵护可贵的真挚

除了生死，何谓大事？唯有真挚，值得珍视。

可以贬抑自己，不可轻慢别人的真挚。

置身真挚之中，而不知真挚为何物，也不懂得如何去珍惜，真挚必然会失去。

没有时间理会别人的精明或狡黠，留一点精力呵护好自己的善良和真挚。

保持你可贵的真挚，即便没有意外的惊喜，每一个平淡的日子，也都是好日子。

最残酷的现实是，人间的多少真挚，因了功利和短视，正在飞快地流失。

活着就是多一口气，于是争一口气也成了泛滥的言辞，但为争一口气而忽视了人之真挚，这一口气，还会有多少意思？

能够轻易放弃的是虚情假意，放不下的才是纯净的真挚。

不知道自己的事业在走下坡，这并不可怕，可怕的是不知道自己的真挚也在下坡。

如果缺少了真挚，你还有多少值得可信的真实？

当你漠视真挚，你必被真挚遗弃。

从退一步开始新的起步

从退一步开始新的起步，这绝非忸怩作态抑或自找台阶，这是在历经了奋然不顾的向前的磨炼之后，对人生的真正感悟。

退一步，是强大自我的克制，是理智的毅然决然，是心灵的淡定自如，是笑傲江湖的大度。

在激流中勇退，在上行中让步，这与怯弱无关。怯弱只是一种衰败的姿势，它只能导致恐惧和无奈的退缩，是自卑的心态，面对强者，不战而败。

退，不都是为了进，而是找到心灵的匹配。多少退出、退让包含了勇者的智慧，不计较，不偏执，不自怜自哀，也是强者的再回归。

没有比能进却退的选择更大气，也更难能可贵。这种退是对未来的审时度势，更是对欲望极其冷静的抑制。放弃了进，却在退中赢得了更安宁的心境、更稳健的人生设计，这是退的奇迹。

退又何妨，倘若进，只是一片迷茫，抑或令自己大不爽，也并非自己的期待向往。退，就退得一定恰当，退得荡气回肠。

君子相向，在相撞前先退让，是一种修养。兄弟相争，避免相煎先退出，是一种操守。名利当前，主动退后，是一种高贵。是非关口，退行一步，是吕端大事不糊涂。

进是精彩，退也不赖。进是风光，退属心安。进是激情，退乃境界。进得准备退，退未必再进，因为有的一次退，胜过十次进。

并非进可以嘲讽退，那是五十步笑一百步。往往是退居后边，笑进者洋相百出。孰是孰非，人心有路。

吃亏与失败

不能老担心自己吃亏，这样你无法与人交往和合作，也无法走出自我。

怕吃亏，往往出于一种信任危机，而攻克这种危机，需要足够不怕吃亏的精神。

总想先有所得，从而避免自己吃亏，这种设防，也是人心隔阂的渊薮。

有时权当吃亏是一种奉献，你的天地会豁然洞开。

如果你愿意长久地吃着亏，你多半是傻傻地痴爱着。而那心安理得地享受你的福分的人，也是迟早会让你醒来的人。

敢于吃小亏的人，最后总占大便宜。

我知道，你固若金汤，就怕自己会吃一点亏，其实，你只是太爱自己，这注定也是你的大悔。

怕吃亏的人，也是不愿首先付出爱的人。所以，这世界，首先不属于怕吃亏的人。

不要过于担心失败，年轻时冒一点风险，在年老时不至于遗憾。

倘若从无品尝过失败的滋味，又怎能真正体会成功的甘甜？

不要太避讳失败，也许你躲开了失败，也丧失了成功的机会。

努力，才有可能

有时不是你不努力，是努力的方向已然偏离。

努力不能改变所有，但没有努力，你也会一无所有。

不是所有的努力都会有收获，就像不是所有的花都能够结果，有一种自然法则，不懂就不乏挫折。

并不努力的人，有时比竭尽全力的人，反而更轻易收获，这或许契合了一种机理，或者就是借助了外力。前者能够长久，后者却难以为继。

努力，才有可能

对未能如愿的事物，说一声：我努力过。这不是遁词，而是将深深的无奈转化成一种自我安慰。

即便这世界会发生从天而降的幸运，但对绝大多数人来说，你只有努力才有可能获得幸运。

倘若所有的努力，都无法让你的目标企及，也许，调整目标才是一个最好的主意。

既然你看得不远，又不愿为超越世俗而努力，那就休怪别人视你为世俗，贬你为平庸之极。

我一直以为，如果你不知此生什么最珍贵，什么最值得珍惜，那你还在努力又有什么意义？

辞旧迎新的日子，如果你辞别的仅仅只是日子，你只能还算一个旧人，从皮肉到灵魂骨子，去重复陈旧故事。

大把的时间撒出去了，却没给自己留点什么，如果有也只是遗憾，那新年你就得有一次重生的祈愿，放飞和追逐心中的梦幻。

太容易辞别的是滔滔时光，但应该有多少难忘已然沉淀，在新年的今天里迭现着昨天。

新年是又一次重新上路。如果放不下昨日的包袱，即便行走如飞，走出的也仅是一条老路。

辞旧迎新也许仅在一秒，而脱胎换骨，很多人一生都难以找到。

在你又长一岁的时候，还怀裹着幼稚，却老气横秋地故步自封，畏惧大千世界对你心灵的碰撞，那你还留着青春有何用场。

你不用努力，昨天已辞你而去，你只有努力，今天才会成为美好的回忆。

岁月总有相似，有我就有不同。

崭新的日子，只要拥有新的思维、新的视角和新的步履，就能创造和发现新的景致。

虽然做不到脱胎换骨，但在一元复始之时，犹豫者要辞别一些犹豫，怯弱者要丢弃一些怯弱，鲁莽者要祛除一些鲁莽，迷惑者要放逐一些迷惑。

遗忘，有时美不胜收

遗忘，有时美不胜收。虽然遗忘说起来也算是背叛了历史，但这种背叛绝然不属于道德甚或法律审判的范畴，它甚至创造了历史的缺憾美和人性的柔情美。

遗忘了很多别人无意的伤害，遗忘了自己所遭受的凌辱，甚至遗忘了当时自己的心头曾跃起的那股怒火。遗忘吧，心平气和，海阔天空，阳光明媚，一切静美。

遗忘之美，可以属于你我他，属于每一个人，然遗忘之美的极致，则属于圣贤。曼德拉做到了遗忘的极致，所以享受到了此美。但他的目的不排斥政治，自然也包含人性。我们凡人的遗忘更多浸透着善良和美。

遗忘自己对别人的过错，难免是一种缺失和错讹。而遗忘别人对自己的过错，则一定是一种仁厚和美德。所以，遗忘的选择也是人之善恶的底色。

遗忘，是为了不能遗忘，人与人之间应该也可以拥有纯粹挚诚的情意和美善。人与人之间不应更不可唯有利益之争和互疑。遗忘应该遗忘的，不遗忘不可遗忘的，这是美好的选择。

遗忘就是重新开始，遗忘就是更高起点。遗忘是自我解放、是身心洗涤，是登临山巅，是凤凰涅槃。遗忘的崭新收获里，蕴藏着黄金的未来。

钩心斗角会有一时之得，名利之争也自有片刻的快乐。可这一切远不如遗忘所产生的和睦、温馨、静美和长久，因为心灵渴求的只有这种静美可以长久滋润。

不要拒绝遗忘，重要的是掌握遗忘的门阀。在遗忘中丢弃，也在遗忘中升华。遗忘就是人生幸福、人世美好的一种密钥。

在遗忘的朦胧中，忘却多余的烦忧。在断然的遗忘中，铭记快乐的泉流。

忘人之过、忘人之短，忘己有怒，忘己助人。遗忘，是给自己的心灵注入一种平和，这种平和之味，时间愈久愈纯美。

抬高自己的危险

　　一种人贬低别人，抬高自己，另一种人抬高别人，借水涨船高，以抬高自己。前者拙劣，后者精明，更易迷惑他人。然而，两者都终究会为时间所识破。

　　自我抬高，是给自己挖坑，必会摔倒，也让别人见笑。

　　抬高自己，也是自己给自己抬轿子，是一种不切实际的期望，是自我的一种滥觞。

　　也别奢望别人来抬高你。那些不着边际抬高你的人，也会让你摔得找不着北。

　　只有站在真正属于你的位置，才是最安全的。抬高或贬低，都是对你的侵袭，脚踏实地，是最好的防御。

　　抬高自己，多半是一种虚荣，但有的也隐藏了欺骗或者巧取豪夺。

　　迈开坚定前行的腿，闭上抬高自己的嘴，让身心自有葳蕤。因为抬高自己，在别人心里会暂时获取较高的位置，但最终会失去位置。

"大怪路子"的随想

一种叫作大怪路子的纸牌游戏，集体利益在这里至高无上，团队协作至为关键。它相信个人作用、个人能力，但个人必须更看重并服从整体合力。

夺得上游，毫无疑问是第一位的。夺冠者占山为王，可望斩获最高分，至少也是一分不输，丢了上游，则再幸运再努力，零分就是最高分。

你若可以上游，谦让就是对团队忽悠，当仁不让，披荆斩棘，方是英雄好手。而同伴有可能上游，你当该出手时要出手，乃至于舍身取义，破自己之釜沉个人小舟。

别只看着自己的牌，也别守着自己的牌路，一成不变。心有大局的人，才有赢者的胸怀，时时记住并捉摸对手和同伴的牌，方能打好自己的牌。

同伴的牌路，可以明显呵护，亦可陈仓暗度。即便劳你大驾了，你获得了出牌权，也不可随心所欲，断了朋友的牌路，除非你有绝对的把握，三下五除二，迅速把手中牌最先全部打出。

有一种责任，叫作自己开出的牌，自己要收回。收不回的牌，轻易不要打出，不如找对同伴的牌路。还有一种责任，叫作门板，该抵挡时不可苟且偷生，责任重于泰山，拼死才算好汉。

远离和缄默

有时只有远离和缄默，才会让自己变得简单和干净。

并非逃避，远离和缄默，是给自己的身心和视觉一个独特的位置。

如果不懂得远离和缄默，就难以走出自己的道路。

很多时候，你难以远离和缄默，因为巨大的名利场的磁力，已令你不能自已。你的身心已被剥离。

远离，是在与自然走近；缄默，是在与自己言语。一个纯粹的人，需要远离和缄默的过滤。

都以为亲近就能得到，说出就足以骄傲，殊不知，许多祸患皆因此缭绕。

远离和缄默，也许会让你得不到什么，但至少也不会让你失去什么。

细想一下，只有那些远离自己并且缄默着的背影，始终走不出我们的视线，也总令人深思凝望。

那么，远离和缄默，也真是一种境界了，如同星空面对尘世大地。

清晨的遐思

　　一早的心情是这一天的底色，灰暗明亮，郁积沉淀，偶尔闪现于某一刻。它也无法拒绝心灵阴晴的转换，承受外部对心境或强行或轻柔的刷屏，显露也在磨损抑或磨砺一种特质，是意志也可谓人格。

　　心灵承受了漫长黑夜的检验，也自然可以承受黎明的到来。黑夜的可贵在于深悟白日生活的真谛，而白日的可贵在于可以力行黑夜给予的启迪。在黑夜与白昼的交界处醒来，思想与黎明之光一起纷至沓来。这是一日最早的精神盛宴，是一夜的沉淀，创造了新鲜和饱满。

当晨曦啄破了暗夜，一夜残梦还能维系多远？此刻久蓄于心的信念，重返坚硬如铁，因为一天的锻打，也重启开端。抱怨天，抱怨地，抱怨别人，都是自我的抱怨，也是对自己的轻慢。要迎来崭新充实的岁月，让每天的晨曦也啄破自我的帐幔。

起床冲浴时，一只手机忽然滑落在水池，惊呼中准备弯腰拾起，另一只手机也猝然落地，迅即被水淹没。急不可待地把俩患难同胞捞出，用餐巾纸抹干，又赶紧拆了一袋新米，将手机插入其中。心甚忐忑。十分钟后，谢天谢地，依然生动如故。心情大悦。看来，若某一日未及时发出清晨笔记，不是人有故障，就是手机有故障。

每天出现在我梦境的人，无论是牵肠挂肚的亲人，还是久未联系的友人，虽都不邀而至，却又都是我梦境的主宾，我都微笑相迎，报之热诚，因为他们在我生命之中，都留下了或深或浅的印痕。

一早，就应该把身心中的废物质废情绪排遣出去，尽可能彻底，尽可能轻身重启，如此，你才可能迎来全新的一天，并且拥有丰硕的获取。

早晨也是需要安慰的时刻，脸面需要温柔的按摩，肠胃需要温水的滋润，心灵也需要温情的安抚。将心比心，己所不欲勿施于人，让这一天成为温馨的一天，不在于地，不在于天，在于你我他之间互相给予的温暖。

幸福有时候就这么简单，每天能够按时醒来，每天可以按计划行事，每天具备愉悦的心态，于我而言，每天还拥有自己足可以支配的大把大把的时间，用于创造，用于思索。此乃大福。

晨曦是给冬日的心头送入一抹温暖。人生的每段历程各有不同，但早晨日复一日，总有相似的感觉，在前行者的记忆之中。无论如何，这都是新的开始，有一缕希望，犹如晨曦，闪烁在心灵的天穹。

早晨为成功而起身，不仅仅是生存。也在早晨就想明白，真正的成功不在于获取多少名利，而是拥有一个人应该拥有的足够尊严。我们此生全部的努力，悬为了一个大写的人，而不是为了所谓的成功，苟且偷生。

一早的心情是细腻敏感的，些许冷雨，一抹晨曦如此，上班途中的顺畅与否，早餐的惬意与否，于我还有涓滴意念能否喷溅出奇，都对心灵给予或明或暗的影响甚至刺激。

晨雾迷蒙，视线可以暂时被遮挡，但迷雾不可锁心，也不能迷乱心神。真正的眼力，是伴随着思想的穿透力，看清远方，知晓未来，从而给步履以坚定和自信。

夜晚立志，不如清早立行。岁末复又发誓，不如年初真正开始。年复一年，意志弥坚。每日写百字念千句走万步，每周著一文读一书行一路。集腋成裘，聚沙成塔。

噩梦醒来便是早晨，那是种福分。而噩梦惊醒之时，往往多半是黑夜，那有一种孤独的冷。即便如此，发生在夜晚的梦终究有惊无险。真正在白天发生的事就不是梦之系列了，让惊恐只停留在夜之梦中，这也是给予人生白天的提醒，如此也是一件好事了。

早晨总是匆忙，以至于我将信将疑，是不是早晨最从容的人才算是成功之人？成功在于把握，把握时间，把握心态，把握世俗规律。虽无大成功，但能把握好太阳从东方既出的那一片时光，也是成功的品相。

每天叫醒自己的是闹钟，生活多半被动。每天叫醒自己的是生物钟，日子可以从容。每天叫醒自己的是梦想和信念，那每天的步伐都坚实而沉稳。

早已过了睡懒觉的年龄，睡再晚，到点总会清醒；再睡，未必惬意。其实年少时每每清早从梦中唤醒，就睁眼做梦，长大了自由了，一定多享受懒觉之福。如今，少年梦是回不来了，不过少年之心似乎从未走开，只是身不由心，心还在，身已别样。

不是狂妄，不是虚谵，是一个不容辩驳的事实：这个世界终究会失去我……在这个早晨想到这句话，我想我应该愈加勤勉，多劳作，让这世界多些我的作品，多走走，让自己的足印遍布大地各个角落，因为这世界自有可爱之处，我不忍她冷寂孤独。

人生不可能重启，但每一年每一天都可以梦想计划的微调和开始。可以与新的日子同步刷新，是拥有活力和自信的标志，也是锻造与自然更亲、与人性更近的心灵和生命的路径。

一早往往重视养胃养身，其实养心养性也起始于一早，从这一刻开始，面对渐次展开的白日的喧闹和迷惑，静心养心，怡性养性，直至深夜的扪心自问，已不可回避。

风骨的诠释

男子汉的风骨，或许不是文字可以表述。它不是酒的烈度、官的高度、金的克数、脸皮的厚度甚至心的冷酷所能描摹。风骨是这时代硕果仅存的英雄特质，它即便暗寂无影无声，也默默地支撑着这世界长驻。

不是危言耸听，这个世界的奴性和媚俗，骨质轻软和疏松，心灵的摇摆和私图，早已将风骨两字剥蚀得如被虫蛀。风骨的尊严呀，它不会消弭，它如戈壁滩上的胡杨，傲然挺立，不会屈服。

风骨，不是弱势下的无助，更不是强者对弱者的欺辱。真正的风骨，在自尊中，在重压下，在苦痛时，在坦途中，都保持着不卑不亢的风度。

男人的风骨，不伤人，不害人，不与小人为伍。男人的风骨，被人伤，被人害，也像挺立的大树。人只活一辈子，所以很多人蝇营狗苟，不知耻辱，只管自己活着舒服，那必是小人，风骨全无；人只活一辈子，所以有的人能屈能伸，深知天命，勇于承受风暴雪雾，风骨劲足。

笑青春，我有过，辉煌过，更真诚过。笑权势，我有过，认真过，也轻蔑过。笑钱财，我虽无多，但唾弃之，视之如粪土。笑华贵，我可以什么都没有，我却要这天底下最稀罕的事物，它叫风骨。

不会计较赢输，也对毁誉不再在乎。飞黄腾达是少时的迷路，富贵荣华又有多少浅薄的显露。风骨，就是走自己的路，并让心灵恬适一路。

风骨不分性别，不讲贵贱。有风骨就是好男好女，有风骨就是高贵之人。风骨名气换不来，金钱买不到。

可以受委屈，但自尊不失。能够弃机缘，但信念不变。有风骨之人不会把风骨写在脸上，但实实在在地，风骨融化在血管里、骨子里，不可损贬。

风骨不在一时，而是四季风雨锻炼。风骨如竹，在世间挺立，甚或独立，甚或断折，也有一种倔强，无声地执着。

骄傲或者孤傲，并非风骨。风骨是植根于爱的精神，可以缄默，可以冷峻，但爱在骨子里，无人逆转。

锻造你自己的风骨。即便你成不了别人风骨的旗帜，但可以为这世界增添一丝阳刚，增加风骨的气场。你的一丝风骨，也足以令人敬仰。

清 晨 笔 记

　　一早起床，适合冷水洗鼻洗脸，此不失为养生之术。一早的肠胃，必须用热水滋润温暖，否则一日不爽。而一早的叮咛，可以冷静，也可以耳提面命，但必须以温情入耳入心，不然，物极必反，这一天，平添心中不快。

　　每天的早新闻里，总有灾难，总有诸如失联、坠亡之类的报道，有一位朋友在朋友圈说，这实在不够美好。我说，你能每日安静关注新闻，点评新闻，本身就是美好的。而大众的美好，正需要天下之人共同去创造。这能够创造的本身也属于美好。

一年的最后一天，一早便是雾霾重重。车内暖风轻送，喉咙还依然干涩疼痛，心也愈发沉重。不能与阳光亲密接触的日子，还会有多少呢？对身心困困，是否需要每个人的自我觉醒和奋勇行动？怨艾是容易的，改变才至为重要和艰难。

有的人醒了，其实还睡着。迷迷糊糊地起床，稀里糊涂地过一天，当白天黑夜的时律已无法调整身心的晨昏，一生也只能是混混沌沌。

大寒到来，南方的暖冬不再，冷冽，让人在风中抖颤，然而，再寒冷的早晨，都要怀有充沛的热望，温暖自己，也激动生命的每一天。

许多人在早晨失望了，因为期待一夜的雪，完全失约了。我则置身城郊接合部的办公室阳台，展开的手心上轻松栖落了冰凉而松软的片片雪花，伴随着几丝雨滴，像是天使友善地示意。这一刻，身子虽冷，心是温暖快意的。

冷，冷意逼人。超级寒潮来袭，躲开谁能？好在老天还有一丝怜意尚存，骤冷第一日在周末，至少大多数人还可居屋御寒。但真不可遗忘还在严寒中工作的人们，他们的付出是给予各位生活正常的保障，他们所为平凡却值得尊重和赞扬。

一早开启自来水龙头，只一会儿，冰冷刺骨的水就把手指冻僵了，这还是儿时的记忆，当年比这还严寒，一夜之后，水管都冰冻了，滴水不见。所以，感恩当下，从一早开始，面向未来。

古人都知道，春江水暖鸭先知，而我们更多的现代人却是在日历上被告知春正来临。严寒的日子，我们蛰居暖室，往往疏忽了早春先期而至、若有若无的气息，一句"冬天到了，春天还会远吗？"替代了诸多感知。及至今天立春几个字在手机屏幕上跳现，才感慨系之，又一个春悄然而至。

今天是农历小年夜，出门踏入电梯，电梯刚启动下降便突然抖动了一下，门自动打开，我惊魂未定，但毅然走出电梯，脚被绊了一下，电梯与地面竟相差二十多公分，坚决按了另一部电梯下楼。听说一位刚提任某地领导者的小车，被一个还未从宿酒中醒来的冒失鬼撞得气囊都弹出了，幸亏人无大碍。有人说，年前把霉运都带走了，新年乃吉祥。如此，不亦乐乎！

丙申年除夕，踽踽独行在夜晚的大道上，清冷，空旷，唯见一对老年夫妇，边走边聊，应该是吃了年夜饭在回家的路上。大年初一九时许，我依然独行，往常车水马龙的大道，静寂无边，偶有一辆小车掠过，卷起一阵轻尘和车轮与路面的摩擦声。几位晨练者在健身步道跑步，有一对年轻的夫妇，少妇一身运动装，在稍前跑得稳健，男人衣着随便，跑得吭哧吭哧的，身子歪扭，跟在后面。男人嘟囔了一句，女人说了一声：你好烦，用鼻子呼吸！男人无言，坚持跑着。看样子，今天这是他们一起跑步的第一天，新春伊始，他们有新的憧憬和开始。多好呀。今天的阳光暖融融的，天空也显示了淡蓝。新春，也应驻留心间，每个人都该有新的向往和开端。

元宵节日，冷雨淅沥，心有寂寥，是否老天也在催促人们心有所托，抱团取暖？不只是男女之情，更需有亲情、友情和人之真情。中国的情人节更应有大爱，让人人乐于其中。

忽高忽低的气温，在早春二月从来表现尤甚。明明春的脚步已走近，刚把冬衣冬裤换了，又逼来寒流一阵，出奇的冷。然而春暖花开的日子，终究就要来了，短暂的寒冷只是最后的折腾。

早晨，一分钟的冷水洗脸，是清醒剂，一杯蜂蜜温水入胃，也是清醒剂。弥漫的雾霾是清醒剂，内容庞杂的早新闻也是清醒剂，而且还是让人残梦顿失、迅速入世的强力清醒剂。

距离，有时是最美的关系，譬如太阳和地球，譬如前后行驶的车辆，譬如同事之间、上下级之间、譬如曾经的恋人而今已各有生活的你和他……

保持一定距离，是人与人相处的一个原则。这一定自然是一个不定数，因人而异。所谓亲密无间，如果也缺少一定距离的支撑，也必隐藏着危险。人毕竟是具有个性特征的，自尊或者自我意识总有昂首的时候。相敬如宾，其实是最佳距离。

你可以对别人宽容，但别期望别人一定对你宽容。你可以对别人坦荡，但别奢求别人一定对你坦荡。美好的愿望，从一早开始，良善的渴盼，也注重人性现实。

敏感多疑也是各有特点的，有的是由目光感觉，有的是言辞入耳，有的纯属胡思乱想。同样一句话，因为出自他在乎的或父母或孩子或某个女人，就可能将心中的敏感器触发，实际上是神经兮兮、小肚鸡肠之类。这样的人，还是远离一点好。

每天请早，坐上地铁，见到的是各种晨容，不管昨天的梦境恶喜的成分如何，也不论平时各自的境遇怎样，此时的片刻，平等而处境也并无相异，都有选择何站上何站下的权利，然而选择后的道路却不尽相同。人生地铁是一个城市生态和生命的别样特征。

阴晴多变，冷热跌宕，即便挨到了春天，还是一番冬天的模样。每天一早不看气象，一天就不够顺畅。但记住了一句话，只要心中有春天，日日是春天。

一早起床，不用匆忙赶路，一切收拾停当，还有绰绰有余的时间，这一刻宁静而踏实，看一会书或读一会诗，甚或还记点文字，不乏闲情逸致，酷似神仙的日子。

夜露中萃取的晨思

　　一早的思想，是为了让自己真正地清醒，并且找到行为的坐标和倾心倾力的方向。它与不着边际的耽思妄想无涉，前者是拨开迷云，穿越雾障，而后者是自陷雾霾，自我彷徨。

　　这冬日的早晨，不是雾气重重，就是冷雨飘飘。阴郁总是不请自来。还好，有从黑夜冶炼过的思想，眼前灰蒙蒙，身子湿漉漉的，可思想的指引，令人心明眼亮。

 夜露中萃取的晨思

失眠之苦，多少人深陷其中。然而对于哲思者而言，失眠提供了深悟的时光，黑夜沉沉、孤寂漫漫的境况，令心灵冷静自省，浮想冰清。没有什么可以畏惧的，只要能够思想，每一天都是鲜活的时光。

夜晚的深思是给白日的作为昭示方向，也修炼飞翔的翅膀，飞得再远再高的白日，也得回归夜晚的深思，接受一番自省和沉淀的静养。

对于一个心中毫无大志的人，早晨的阳光再透亮澄澈，也是茫然如雾的。要在夜晚苦乐思想，而在白天，就能找到坐标和方向。

要想晚上睡得香，白天一定要行得正。只有晚上睡得好，早上才能按时起早，心亦安。一早所见皆风景，否则一切皆烦恼。

夜晚尽可以做梦，梦得奇幻，梦至绚烂，梦到偾张了血脉。但早上必须为梦而行动，为梦而奋发，为梦吃得苦中苦，在梦的进取中有提升和感悟，这样的梦才真正靠谱，夜晚才梦得更芬芳、更投入。

遗憾常常发生，遗憾是人生的必然。我们每天的努力，都是为了减少遗憾，但遗憾总是存在，就像阳光天天到来，而阴影也时时出现。

生命在于领悟，事业在于把握。诸多的偶然铸成了必然。悟则不顺也心顺，握即该握则握一握乱云飞过。

连续几日重度雾霾，都市混沌一片。很多人已醒来，车水马龙，路已显拥堵。很多人还没醒来，也许醒来，也想向残余的梦回返。漫长的冬至夜，可以在梦里与逝去的亲人见面。而雾霾重重，又陡增几多对人世和现实的忧思和愁烦。

难得的几分清新，是夜间光临过雨之精灵吗？顽固的雾霾据说今日还会再返，而抵御雾霾的意念终究也会在雾霾的挑逗下于人心愈发地生成喷溅。也有在雾霾中晨练之人，有人目睹，竟想到了悲天悯人这个成语。

一觉睡到自然醒自然是幸福的，每天按时醒来甚或鸡鸣即起的日子，何尝不是幸福。拥有新的一天的人，都是当下富足的人，有的梦，还可能在白日实现。只怕有的人一睡之后从此不再见到阳光，或者为鬼魅的梦魇纠缠，耽于混沌之中，那醒来就成为一种遥不可及的呼唤。

晨风凛冽，晨寒砭骨，天却是瓦蓝瓦蓝的，空气澄明清新。有时十全十美之事，总在期盼之中，所以学会适应，并接受并非完美的事物，善存平静，并感知和感恩不完美之美，此应为现代人之观。

成熟的蜕变

当你知道什么最为重要，并懂得如何细心维护，而这又必引导或助力你的人生之路，那你已开端了真正的成熟。

成熟并不等同于成长。成熟之后的成长，与成长之后的并不成熟，必然会付出不同的代价。

当你真正明白和成熟时，机遇和时光却不再对你眷顾，成熟就唯有痛苦。

人们常常会把世俗视为成熟，如此这般，不如看透成熟，也是看透世俗。

为了尽早地成熟，我们失去了太多的清纯，也过早地告别了童真，这种不可逆的进程，是一场生命的退化。

如果成熟意味着对青春和激情的悲悼，那么，这种成熟只能算是岁月中令人生厌的干枯和陈腐。

当成熟被某些世故之人以赞美的口吻送出，我咀嚼到的只有贬损。

成功是一种定力

别人绑架我们的肉体时，我们的反应总是那么剧烈，而自己绑架别人的思想时，又显得那么自然而然。

自我设定了一些规制，去寻找所谓成功的路径，是一种盲人摸象，也是另一种自我圈禁。

很多成功，不会没有一点规律，也不能太在乎规律，在规律与非规律间摸索前行。

成功有共性，但一定也会有差异。个性中不忘共性，共性中也得对个性时刻牢记。

起步时就先不舍所谓的安全感，最终也把握不住真正的成就和归属感。

成功是一种定力，拥有这种定力，哪怕花枝垂萎于地，哪怕草木暂时萎靡，终会支撑一片傲人的天地。

规律是在行进之中摸索出的，起步时设定的规律，只是一种虚拟。

沙子与种子

是沙子，就会随风飞扬，你若为种子，就沉潜在泥土吧。

沙子，即便混迹于种子之列，也创造不出种子的气象万千。

有的种子，落在任何土壤，都还是种子；有的种子，离开了固定的地方，就等同于沙子。所以不必苛求，能够绽放一时，都是生命的价值。

因为是沙子，你给予它再多的雨露和阳光，它都不会芳香；因为是种子，你不给予它关注，它已在身旁悄然开放。

沙子和种子各有各的方向，种子钟爱自己的土壤，沙子尽可四处流浪。

我不是贬损沙子，沙子也是自然之身。我如果是沙子，也会安身立命，开不出花来，也要力拒在别人的眼睛里，制造一片苦涩的泪花。

我也不是排斥沙子。当钢筋和石块想撑起一片建筑新天地，它们必然邀请沙子参与。这世界给谁都留有位置。

我只是充满怜悯，一粒种子沦为了一粒沙子，而我更无限厌恶一粒沙子总想充当种子，还占据了种子的位置。

怀有种子一样情怀的沙子，很滑稽；具有沙子一样命运的种子，很悲剧。

具有生命力的事物是坚韧的，但最初需要呵护。因此，人们爱惜种子，而对沙子则不管不顾。

精神的那一炷清香

生活的方式总有太多的同一和相似，但精神的状态却缤纷多彩。

生活对你的照拂，不仅仅是改善你的境遇，更在于让你精神自由和愉悦。

物质提升生活质量的能力是有限的，而精神层面的快乐天地却是无限的。

很多美好是在等待中错失的，因为期盼境遇更好些，而把当下的珍贵给丢弃了。

优越的条件和环境，往往使人疏于思考，由此也丧失了许多精神的乐趣。

当你为生计而奔波时，别忘了掖好温暖着你心灵的精神的内衣。

任生存的天地风云变幻，阴晴不定，精神的那一炷清香，始终摇曳生姿，不绝如缕。

几多物质的赢得，只是身心的短暂欢愉，之后是精神愈发剧烈的失落和贫瘠。

生活可以随意，精神必须随性。

生活之河跌宕奔突，有时气贯长虹，有时涓涓细流。而精神之水则宜温良沉静，潺湲精进，绵延悠悠。

能让你走遍天下的不乏物质和体力，而能让你游冶人生的当是生生不息的精神。

常让我感叹的现实是，很多人已如走肉行尸，但梗着脖子，依然高傲地招摇过市。

脸面与良心

　　鲍君脸上捂着大厚口罩，双手还严实地捂着脸，仿佛脸面见一丝阳光就会灼痛，甚至烙伤了似的。明人问："怎么了？这是在我办公室，没有雾霾，也没人抽烟呀。"鲍君的嗓音透过层层纱布嗡嗡地传出："我没脸见人了。""怎么回事？"明人与鲍君关系好得赛过亲兄弟了，这半年多不见，他就变成这样了。明人伸手想摘下他的口罩，鲍君的身子往后躲了　下。"你不是长得挺酷的吗？有什么不能见人的，长麻子了？"明人是真心想帮他。鲍君的嗓子眼里发出一声沉闷又喑哑的哀叹，然后，他开始缓慢而又艰难地述说。

他说他几个月前赶去参加一个会议，他把时间卡得太紧了，路又堵，快到点了，离会议地点还差几个路口，他急了，让司机无论如何赶快点。司机看看他，明白了，一踩油门，左冲右突，又闯了两个红灯，逼近了会议地点。他正庆幸得意之间，一个交警骑着摩托车，停在他的小车前面。司机尴尬地解释着，他躲在小车内不敢吱声。司机被重重地罚了一下。回头看他的眼神，让他脸面都没处搁了。

第二次是在自己居住的小区，他上班，车刚驶出小区，就见横向马路驶过一辆黑色奥迪车，因为速度太快，把一只小狗撞着了。那只小狗瘫软在地上，奥迪车飞速地逃逸了，他看清了车牌号，但没下车阻拦，车驶出几步，就听见了迅速赶来的小狗主人的尖叫声。小狗主人是他们小区的，他本可以帮助她的，但他单位还有好多事要办，他怕耽搁，挥挥手，让司机迅疾驶离。之后不久，他感到脸面一阵阵热烫。

前不久，公司讨论一个重要项目，支持者和反对者旗鼓相当，都不甘示弱。老总让他表态，他原本是反对这个项目的，从投入产出角度来看，确实不划算。可他知道老总虽未表态，但这是他执意要上的项目。众目睽睽下，他犹豫了一会儿，还是吐出了违心的话语："我同意上这项目。"许多知道他想法的人目光都充满惊讶，聚光灯一般刺向了他。他顿时觉得脸火烧火燎的，小坐一会，假装身体不适，先告退了。躲在办公室里，好久，好久，乃至早过了下班时间，他才以怕撞见人的心态，匆忙地离开了。

从此，他就觉得无脸见人，借雾霾天，戴上了大口罩，他甚至觉得自己真的已无脸了。与好朋友明人吐出了这些，他又重重地叹了口气。

明人明白了，他知道这鲍君兄弟人本善良，平常脸皮也薄，也清楚自己多说无益，完全不说也不行，便对鲍君只说了一句："脸面与良心是连在一起的，你是有良心的人，刚才一说，更是良心的发现。"他握了握鲍君的手，摇了摇，他感觉到鲍君的真实及其力量。

没几天，明人又见到鲍君，这回他昂着头，脸上无遮挡，帅气的脸透着阳光般的率性，真是一番年轻的模样呀！

明人听说了，这几天鲍君向司机专门道了歉，与小狗的主人做了沟通，帮助她向黑色奥迪的车主索赔，还书面呈上报告，向老总表达了自己的真实意见……

任性的品鉴

任性，千姿百态，老幼皆有，男女无别。但各色人等，各种情态，表现不一，其中自有味道和品级。

任性是被爱的一种放纵。有时是轻微的撒娇，有时则是过度的耍闹。有的恰如其分，有的则不合时宜。有的使情感增温，有的未免败火。有的由嗔转怨，有的化怒为笑。

任性需要资本。一掷千金，是因为他有钱。颐指气使，是因为他有势。喧天闹地，是因为孩子受宠。笑傲江湖，是因为英雄有志。一恋倾城，那是美人魅惑无穷。

任性的总体把握，首先来自对他人的忖度，而任性的具体拿捏，则取决于自身的外放内敛。任性种种，关乎人的性格，关乎智商谋略，关乎心境状态，更关乎品质能耐。

无论是有什么可以依仗，有什么无比被宠被爱，任性的尺度的适当，决定了任性的味道和收效。有时如西施一样的女人，一丝任性温柔，就助燃男人志向，回味无穷。有时如普京一样的男人，一种任性蛮横，强收宝地，令俄人大长志气，令美欧惊愕不已。

任性不是情感的标配，但可以是情感的添加。任性可以成为性格的插曲，但不可以成为性格的常态。任性可能已左右了你今天的生活，但千万不能让它成为你一生的主宰。

一次任性一马平川，必有马失前蹄这一天。今天的任性，也许气畅心顺了，但明天的危险，也许早已埋伏。

任性倘若小溪一般，悠然洄游，就阻滞化解，芥蒂顿消。而任性时常洪水一般，迅猛咆哮，又有多少心灵可以承受，可以永远地报之以微笑？

有一种任性叫随心所欲。随心所欲也许会有意外收获，但往往会将心中期盼的星空失落。任性的无边无际，是滚滚红尘中的一滴水，只会成为自己的泪。

任性关乎事业、情感、心情及其一切。性格决定命运。任性是性格的极端，常常成为命运转折的直接推手。匆匆之间，倏忽之时，任性往往已将永恒铸就。

　　小任性是色彩，令生命生动出彩，小任性是情调，让生活生气和谐。小任性可以是灵动的歌，可以是温雅的插科打诨，不无格调。

　　给任性定个剂量，并知悉任性的品级，也让任性保留几分清醒。

　　如酒一般的任性，或醇厚绵长的芳香，或烈焰火辣的炙人。而分寸，从来是品鉴一切的金樽。

没有大情怀的人生是局促的

心境的另一种命名，叫情怀。她是天使之誉，诗的美称，海一般的蔚蓝，不应该被世俗低下所污染。

情怀并非虚幻，她在你的一颦一笑，在一言一动，甚至生活每一个细枝末节里。更是在大是大非面前，福祸来临之际，顺逆时光之间。她是实实在在的，有时可以触手可及，也是一目了然的。

情怀是分明的。宽阔和狭隘，澄澈和浊污，高尚和卑劣，总会在朗朗乾坤或者羊肠空间露出真容。

情怀里有善，有仁，有诚，有爱的成分，比例愈大，情怀愈大，成分愈纯，情怀愈真。

如果说眼界决定格局，那么情怀真正左右了自己的世界和未来。

狭隘乃至龌龊的情怀，注定是可怜、可悲乃至可恶的情境和结局。这种情怀的人是不懂得天外有天、山外有山的内涵的，他们画自心为牢，视他人为地狱，他们一如行尸走肉，或者蝇营狗苟，甚至指鹿为马，他们如同井底之蛙，在自己的天地里，自以为是，自高自大，自鸣得意，直至自我挣扎。情怀于他们而言，不知为何物，因之什么价值都没有。或者拿着情怀炫耀，却不知情怀一经炫耀，就流落风尘，更不值一提了。

大情怀是需要大磨炼、大慈悲、大气势、大智慧的。首先必须打开心胸，吸纳阳光和海洋的元素，仁心宅厚，远见卓识，懂得进取，舍得失去，久久为功，方得始终。

不计较，不埋怨，不做作，不纠缠，独思慎行，虚怀若谷，都是通向大情怀的路途。

历经沧桑，站高望远，仰望星空，心怀怜悯，忘小我，忘私怨，忘物欲，忘偏见，都是与大情怀亲近的机缘。

没有大情怀的人生是局促的，追求大情怀的人生，是人生的真谛所在，美好由此有无限可能。

顿悟是人生的灵感

世事注定芜杂，人心难免纷乱。山无道，海无路，而大地重重阡陌，脚步迈向何方，顿悟是自己心的指南。

痛苦会让人顿悟，困境会让人顿悟，冷静也会让人顿悟，而且与思索组合，成为催生顿悟的元素。

顿悟的刺激往往来自外部，然而更依赖自身焦渴的心户。真情地倾注，对生活愈投入，对思考愈纯熟，顿悟就愈会时常眷顾。

顿悟有时就像彗星之闪亮，短暂却耀眼，在心空长久地存录。

顿悟像火，可以点燃激情和斗志，顿悟也像水，可以冷却魔鬼般冲动的欲火。

顿悟有时如闪电飑风，将沉闷昏睡的心地惊醒凝注，有时也像柔风细雨，给身心一抹温煦的轻抚。

顿悟，哪怕带来的是剧痛，只要能让人警醒，又让人有余地补救，这顿悟就是福音，就是光明的照临。而再无可能实施的顿悟，只是一种盖棺之声，徒留永远的悲叹和泪珠。

所以顿悟也要赶早。思想的早熟，并不等同于身体提前发育和衰老。如同有志不在年高，具有远见也与年龄大小无关。

在顿悟中坚定前行，在前行中不断顿悟。螺旋式的提升和进步，是可以信赖和欣慰的道路。

顿悟乃至大彻大悟，从此可以从容淡定地挥写自己独特的人生大书，这是与天地相和，与内心相偕，善莫大焉，岂非大贵大福？

每每顿悟，我总觉得是上天赐予我的灵感，人生的灵感，不可多得，一瞬间醍醐灌顶，光芒四射，明亮了我的路途，提速了我的脚步。

圣人不是一生没有过错

圣人也是人。是人都会有错，错与对组成完整的人生。

圣人的错也有多有少，有大有小，但每一个过错，可能都是对圣人的一次净化和提升，学会在每一次过错中，萃取开窍的元素，这也是圣人的一个本领和动能。

不犯低级和重复性的错误，这是优秀之人心灵的一道防栏，也是圣人的一道底线。

圣人不对自己的过错纵容，也绝不放过自己的任何一个过错。但他必定是对别人充满宽容，对错不是死缠烂打，深究不放，而是真正治病救人。

这世界还有圣人吗？这一点，毫无疑问。你也许成不了伟人，那就从善人起步，走向圣人之梯。仁贤之士，高尚之人，无不是圣人的化身。